D0802074

U. G. E. 10|18
12, avenue d'Italie - Paris XIIIe

Du même auteur
dans la même collection

Zacharie l'escarcelle, 738

Colloque de Cerisy-Soljénitsyne, 858

UNE JOURNÉE D'IVAN DENISSOVITCH

(ODIN DEN' IVANA DENISSOVITCHA)

par

ALEXANDRE SOLJENITSYNE

Texte intégral

Roman traduit du russe
par LUCIA *et* JEAN CATHALA

Préface de JEAN CATHALA

« Domaine étranger »
dirigé par Jean-Claude Zylberstein

JULLIARD

Cette édition est la seule conforme au texte authentique et définitif publié par l'auteur aux éditions Ymce Press en 1973, sous le titre Odin Den' Ivana Denissovitcha.

ISBN 2-264-00070-8

NOTE DE L'ÉDITEUR
1976

*C'est par Jean Cathala qu'au début de novembre 1962, deux semaines environ avant la sortie à Moscou d'*Une Journée d'Ivan Denissovitch, *les Éditions Julliard furent informées, avant quiconque en France, de l'imminente publication de cette œuvre exceptionnelle.*

Un groupe de gens de lettres monopolisait alors la diffusion de la littérature soviétique, et le parti auquel ils étaient liés tenait à ce que cette première peinture d'un bagne stalinien parût sous son contrôle. Bien que le choix des Éditions Julliard se fût porté sur Jean Cathala, dont la compétence n'était pas seulement littéraire (il avait aussi une expérience personnelle des camps soviétiques), elles se trouvèrent contraintes d'accepter une traduction faite en équipe et présentée à des fins d'opération politique.

*Le texte intégral — le seul « authentique et définitif », précise l'auteur — d'*Une Journée d'Ivan Denissovitch *ayant été maintenant rendu public (Éditions YMCA-PRESS, Paris 1973), nous sommes heureux de pouvoir, à la demande de Soljénitsyne, en faire connaître la traduction par Lucia et Jean Cathala.*

PRÉFACE

En novembre 1961, un manuscrit anonyme est déposé à la revue *Novy Mir*. Il va rejoindre la pile des envois à trier par le service littéraire et tombe sous les yeux de la secrétaire de rédaction Anna Berzer. Elle se rend compte aussitôt qu'il s'agit d'un texte à soumettre au directeur en personne, fait tirer une copie décente de cette cinquantaine de feuillets dactylographiés recto-verso, sans marges ni interlignes, et Alexandre Tvardovski l'emporte chez soi. Dès les premières phrases, il est bouleversé. Jusqu'aux larmes, confiera-t-il plus tard. Il passe une nuit blanche à lire ce récit d'une journée au bagne. Le matin, il annonce à ses collaborateurs qu'il vient de découvrir un chef-d'œuvre et donne ordre qu'on en recherche l'auteur. Il s'avère que le manuscrit a été apporté par le germaniste Lev Kopéliev, un ancien déporté, qui donne les coordonnées de l'inconnu, son camarade de captivité après la guerre, maintenant prof de maths à Riazan, un certain Alexandre Soljénitsyne.

C'est la qualité de ce bref roman qui a d'abord frappé Tvardovski. Le poète le plus populaire de l'U.R.S.S., il s'est révélé, depuis qu'il est à la tête de *Novy Mir*, un prospecteur de talents sans égal, de la lignée des grands directeurs de revues littéraires du XIXe siècle. Mais *Une journée d'Ivan Denissovitch* (qui ne s'appelle encore que *CH 854)* a aussi touché en lui la fibre politique.

Il y a huit ans que, d'abord au compte-gouttes, puis par millions, les réchappés du Goulag sont revenus. Des jugements en forme ont lavé de crimes inventés les vivants et les morts. Ceux qui ont survécu ont retrouvé un logis, du travail et, certains, leur carte du Parti. Mais ce qui s'est passé « là-bas » reste sujet tabou. Des romanciers comme Victor Nékrassov dans *Kyra* ou Bondariev dans *le Calme,* des cinéastes comme Tchoukhraï dans *Ciel pur* ont pu décrire des scènes d'arrestation ou de retour à l'existence. La maison des morts, où bon nombre ont passé plus de vingt ans, les autorités n'en laissent pas parler; les libérés ont même dû signer l'engagement de se taire. Des périphrases stéréotypées — « victime d'accusations calomnieuses » ou « écarté de son activité pendant une longue période » — suffisent, estime-t-on, à rendre compte de l'épreuve : inutile de remuer les cendres et le sang du passé.

Or Tvardovski est de ceux qui pensent qu'il les faut remuer. Pour lui, la page n'est pas tournée parce que le XXe Congrès, puis le XXIIe ont révélé les crimes de Staline, et parce que les victimes ont été réhabilitées. Ce que les officiels nomment pudiquement « le culte », il le tient pour une gangrène toujours susceptible de renaître. Et, dans cette pudibonderie même, il déchiffre comme un espoir secret, la volonté de ne pas arracher les racines du mal, afin de réserver l'avenir. Profondément communiste, il n'a pas vu seulement dans le roman de Soljénitsyne un beau livre, mais le moyen de secouer les consciences trop vite tranquillisées.

***

Reste à obtenir l'*imprimatur*. Sur la foi des bruits qui couraient dans les milieux littéraires de Moscou, on a écrit qu'après des mois de lutte acharnée, le directeur de *Novy Mir* s'était finalement adressé à Khrouchtchev en personne, lequel avait fait lever l'interdit de la censure. Membre-adjoint du Comité central, Tvardovski connaissait trop bien les détours du sérail pour engager pareille bataille de front, qui était perdue d'avance. Soumettre, comme de règle, le manuscrit à la censure, c'était en effet aller au-devant d'un refus assuré, refus dont il eût été à peu près impossible de la faire démordre, même sur intervention de hautes instances, la seule liberté vraiment respectée en U.R.S.S. étant celle d'interdire. Et quelles que fussent les bonnes relations d'homme à homme, solliciter directement le Premier secrétaire était arme à double tranchant : Khrouchtchev qui avait lancé feu et flammes contre l'innocent Doudintsev pour *L'homme ne vit pas seulement de pain* et fait arrêter la publication du recueil *Litératournaïa Moskva* parce qu'il y décelait des vérités à taire, Khrouchtchev qui avait applaudi quand on traitait Pasternak de porc et assigné à la littérature la mission de « *laver les cerveaux* », l'imprévisible Khrouchtchev pouvait aussi bien s'enthousiasmer pour Soljénitsyne qu'opposer un veto sans remède.

Sa vieille sagesse paysanne dicta à Tvardovski une manœuvre d'enveloppement plus madrée : après avoir assuré ses arrières en faisant lire le manuscrit à une demi-douzaine de confrères susceptibles d'étayer son avis, il confia le destin d'*Ivan Denissovitch* au conseiller personnel de Khrouchtchev pour les questions culturelles, Vladimir Lébédiev. Le directeur de *Novy Mir* court-circuitait ainsi la Commission idéologique du Comité central, tout en se réservant la possibilité d'une démarche de la dernière chance auprès du chef suprême. L'intermédiaire, de surcroît, était judicieusement choisi : Lébédiev avait du goût et, dans la mesure du possible, il profitait de ses fonctions d'éminence grise pour contrebattre l'influence du responsable officiel de l'idéologie. Ilytchov, jdanovien zélé. *Ivan Denissovitch* plut à Lébédiev. Il suggéra quelques coupures aux endroits qui eussent pu choquer le Premier secrétaire (1), lui lut, pendant les vacances d'été, à Pitsunda, sur la mer Noire, le texte amendé, et Khrouchtchev s'enthousiasma. Rentré à Moscou, il fait distribuer aux membres du praesidium les épreuves du roman, morigène les réticents, les accuse de ne pas l'aider dans sa tâche car, dit-il, la lutte contre « le culte » n'est pas une campagne qu'on lance et qu'on arrête, mais un « long processus ». Et, le 20 octobre 1962, c'est lui qui convoque Tvardovski : *Novy Mir* doit publier Soljénistyne de toute urgence, dès son prochain numéro; les bonnes feuilles seront communiquées d'avance aux grands journaux, afin que les comptes rendus puissent paraître sitôt la mise en vente.

L'exemple venant de haut, jamais on ne vit violer aussi allègrement le « secret rédactionnel », autrement dit l'interdiction de divulguer par avance le contenu d'un numéro. Quinze jours avant la sortie de *Novy Mir,* les milieux littéraires moscovites savent qu'ils y trouveront *Une journée d'Ivan Denissovitch* et en connaissent, en gros, le sujet. A peine affichée dans les kiosques, la livraison est épuisée. On se la passe de main en main. Toute la presse crie au chef-d'œuvre. Les correspondants étrangers rivalisent de vitesse pour informer leurs journaux ou agences. (L'un d'eux réussira même à boucler en quelques nuits une traduction-digest pour

(1) Les passages supprimés pour la publication dans *Novy Mir* ont été rétablis dans l'édition intégrale de 1973. Ils figurent entre crochets dans la présente traduction. Là où ils ont entraîné des remaniements, des notes en bas de page permettent de comparer avec le texte expurgé.

Paris-Match). Il n'est question que de Soljénitsyne dans les conversations, et l'on reconstitue ainsi, par bribes, sa biographie : il a quarante-cinq ans ; capitaine d'artillerie pendant la guerre, et décoré pour faits d'armes, il a été arrêté en Prusse orientale au printemps de 1945 pour propos irrespectueux à l'égard de Staline ; condamné à huit ans de bagne, libéré mais astreint à la rélégation en 1953, il a été réhabilité en 1957. La « société qui pense » vit dans une ambiance de second dégel. On se répète la phrase que Tvardovski n'a sûrement pas écrite à la légère dans son avant-propos : « *Il n'est pas de domaines ou de phénomènes de la réalité qui soient aujourd'hui interdits à l'écrivain soviétique.* » Des bruits courent et se confirment : Evtouchenko (il passe encore pour un esprit libre) a été autorisé à publier dans la *Pravda* son poème *les Héritiers de Staline ;* Chostakovitch va donner en première audition sa *Treizième symphonie*, dont l'un des mouvements est construit sur *Baby-Iar*, autre poème d'Evtouchenko ; une pièce de Soljénitsyne, également sur le thème des camps, entre en répétition au théâtre *Sovrémennik*...

L'euphorie ne durera pas un mois. Au début de décembre, Khrouchtchev visite l'exposition de peinture du Manège. Art moderne et subversion politique sont pour lui synonymes. (L'amalgame est au reste aussi vieux que le pouvoir des soviets.) Il se fâche rouge. Une remise au pas des arts et des lettres commence, qu'accompagne une remise en honneur de tous les dogmes jdanoviens, revus et augmentés. La bride ne se relâchera plus. Les successeurs de l'irascible Premier secrétaire ne feront que la raidir. Soljénitsyne comme Tvardovski s'obstineront à ne point céder ; ils le payeront cher : l'un par le bannissement, et l'autre par la mort.

Dans *le Chêne et le Veau*, Soljénitsyne reproche à Tvardovski d'avoir trop tardé à publier *Ivan Denisso-*

vitch et suggère que le directeur de *Novy Mir* aurait pu faire plus pour la littérature en général. L'impartiale histoire retiendra seulement ce qu'ils ont fait, l'un par son action, et l'autre par son œuvre, pour le renouveau des lettres soviétiques.

Saturés, au lendemain de la guerre, de romans et de souvenirs sur les camps nazis, nous oublions aujourd'hui que cette littérature répondait à une nécessité. Soljénitsyne a mis en épigraphe, pour la IIIe partie de *l'Archipel du Goulag*, cette phrase d'une lettre de déportée : « *Seuls peuvent nous comprendre ceux qui ont mangé à notre écuelle* ». De toutes les expériences, en effet, l'expérience concentrationnaire est la moins communicable. Et cette éclosion d'œuvres, même médiocres, a au moins fourni au public français des éléments pour entrevoir, permettant ainsi aux revenants de ne pas se sentir des étrangers chez soi.

Avant *Ivan Denissovitch,* rien de tel n'existait en U.R.S.S. sur les camps soviétiques. Pour ceux qui ne l'avaient pas vécu, le bagne restait un lieu abstrait. Ceux qui y avaient perdu un proche ou un ami ne se représentaient pas la réalité qui se cachait derrière une réhabilitation posthume (laquelle, le plus souvent, leur apprenait un décès dont ils n'avaient pas été avisés). Quant aux survivants, non moins paralysés par les engagements pris que, surtout, par le sentiment de l'indicible, ils gardaient, sauf entre soi, le silence.

Ivan Denissovitch déchire d'un coup ces ténèbres. A travers le camp de la steppe kazakhe où Choukhov vit sa journée, c'est la vie de tous les camps qui devient, pour tous, réalité concrète. Parce que l'un d'eux a osé en parler, les réchappés savent qu'il n'y a plus désormais d'innommable. Parce qu'ils sentent que les autres peuvent maintenant comprendre, les langues se délient. Et, à mesure qu'ils ouvrent les vannes à ce qu'ils ont si longtemps refoulé, leurs consciences se libèrent.

Observé sur place, ce fut un phénomène extraordinaire. Un parent, muré depuis sa libération dans un tel silence qu'on évitait le sujet, l'abordait de lui-même. Certains, qui avaient honte d'avouer leur captivité, disaient leur fierté d'avoir été des *zeks*. Des bouches, jusque-là scellées, s'ouvraient pour presque reprocher à Soljénitsyne d'avoir peint un bagne trop doux. D'aucuns retrouvaient l'humour noir du forçat pour conter des souvenirs atroces avec une sorte de détachement gouailleur. Khrouchtchev avait rendu des millions d'hommes et de femmes à la vie. En leur restituant leur passé, *Ivan Denissovitch* a délivré des millions d'âmes.

***

Soljénitsyne dit avoir écrit *Ivan Denissovitch* en deux mois. Et cette facilité de l'écriture a quelque chose d'assez stupéfiant.

Compte tenu, tout d'abord de la distance que l'auteur a su prendre avec son sujet. Dans *le Premier cercle,* dont la conception est antérieure (vers 1955, alors qu'*Ivan Denissovitch* date de 1959), on devine Soljénitsyne sous le masque de Nerjine, on peut mettre des noms au bas de portraits comme ceux de Roubine (Lev Kopéliev) ou de Sologdine (Dimitri Panine), et la rancœur transparaît dans des caricatures au vitriol : de Staline ou de Mrs Roosevelt par exemple. Dans *le Pavillon des cancéreux*, Soljénitsyne est encore présent (Kostoglotov), et c'est un épisode de sa vie qu'il relate presque à découvert. Dans *l'Archipel du Goulag,* projection d'*Ivan Denissovitch* à l'échelle du colossal, des confessions à la première personne — d'ailleurs d'une sincérité déchirante — alternent avec des commentaires où l'indignation prend le mors au dent. Rien de tel dans le roman que voici. L'auteur y repousse la tentation de l'autobiographie comme celle de la revanche. Le vécu de onze ans de captivité, qui lui a permis de raconter dix-sept heures de la vie d'un captif, il le projette dans un « autrui » fabriqué de toutes pièces : le bagnard Ivan Denissovitch Choukhov, meneur de jeu qui ne garde aucune trace de son créateur, ni par le milieu social, ni par son passé, et dont la vision des choses, les réflexions, la langue même restent, d'un bout à l'autre du livre, sans une seule fausse note, celles d'un paysan de la Russie centrale. Derrière ce truchement, Soljénitsyne disparaît. Totalement. Aucune scène, aucune description, aucune pensée qui semblent venir de lui. On ne trouve même pas sa silhouette esquissée dans un coin du tableau : il s'est exclu de son œuvre. Et ce morceau de sa vie, qui saigne aujourd'hui encore, il le peint comme s'il était d'un autre, avec l'impavidité goguenarde du moujik qui en a trop vu pour garder rancune et demeurer fermé au pardon. Le haïssable Moi a été surmonté avec une abnégation qui force au respect.

De surcroît, Soljénitsyne s'est imposé d'éliminer tout ce qui pourrait distraire de l'essentiel. Le cachot qui tue, les évadés qu'on abat, le fouet du lieutenant sadique fourniraient matière à des développements percutants : ils ne sont évoqués que par allusions. L'horreur du camp, telle que l'a conçue l'auteur, c'est un interminable quotidien ; il faut donc retrancher toute horreur, même vraie, qui raccroche ; il faut qu'il ne se passe rien dans une journée sans histoire et « *presque de bonheur* ». Des romanciers moins maîtres de leur dessein se seraient laissé séduire par un personnage comme Klevchine, résistant à Buchenwald et qui, bagnard en son pays, « *souffre et se tait* ». Mais ce serait tragédie trop voyante, et Klevchine n'émerge de l'ombre que pour rappeler un destin qui fut rien moins qu'isolé. C'est

Choukhov, le « deuxième classe » condamné pour espionnage imaginaire, qui occupe le devant de la scène, parce que, des cas comme le sien, « *il y en a une demi-douzaine par brigade* » et que la banalité de son malheur le rend exemplaire.

Cette discipline du renoncement, Soljénitsyne l'étend à l'écriture : tout est dit avec le minimum de mots. Les comportements parlent par soi-même, si complexes soient-ils, s'agissant, par exemple, de l'ardeur au travail d'un forçat. Quelques traits de burin suffisent à fouiller des aspects aussi essentiels de la psychologie concentrationnaire que la dégradation des êtres ou, au contraire, la sauvegarde de la dignité humaine. Jamais de redites, jusque dans la peinture de l'obsession : chaque méditation sur le thème de la faim le renouvelle. Aucun commentaire politicien : l'unique passage où Staline soit mentionné, et, encore, à demi-mot (« *Le Père-La-Moustache... il se méfie de son propre frère* », etc.) a été introduit à la demande de Lébédiev.

Tout ce que développeront, plus tard, les trois tomes de *l'Archipel du Goulag* est pourtant dans *Ivan Denissovitch*. Les noms de bagnes — Kotlas, Oust-Ijma, Kolyma — qui émaillent propos ou souvenirs, suggèrent l'énormité de l'Archipel. Le grand monologue de Turine, véritable chronique des proscriptions pendant les années trente, en évoque les vagues successives : la déportation des paysans, l'affaire Kirov, la décapitation des cadres de l'armée. Le destin de Choukhov éclaire l'étape suivante : la condamnation en masse de ceux qui furent prisonniers de l'ennemi. Des figures d'Estoniens, de Lettons, de Lituaniens, d'Ukrainiens de l'Ouest surgissent pour rappeler le drame — et la résistance — des nations annexées au temps du pacte germano-soviétique. Et la silhouette fugitive du vieillard — socialiste-révolutionnaire ou menchévik — détenu « *depuis qu'il y a eu le pouvoir des soviets* » rend tangible ce qui constitue, aux yeux du Soljénitsyne d'aujourd'hui, l'essentiel du phénomène concentrationnaire en U.R.S.S. : sa pérennité, son inhérence à un régime et non pas seulement à un règne. Avec un art du ramassé, qui tient du classicisme, l'auteur est parvenu à miniaturiser en moins de deux cents pages une fresque de la déportation.

Il y a enfin, au service de cet art, toute une technique de l'envoûtement. Elle se révèle, de prime abord, dans un style truffé d'argot de forçat, d'archaïsmes et de parlers paysans, à la limite de l'obscurité lexicologique ou syntaxique, mais parfaitement limpide tant il est expressif, et variant selon le personnage (l'ukrainien subcarpathique pour Pavlo, le russe de l'Altaï pour Turine, celui de Riazan pour Choukhov). On en ressent l'effet à un niveau plus profond dans l'absence de découpage en chapitres, qui oblige à une lecture sans repos, tel l'inexorable écoulement des travaux et des jours. Et l'ambiguïté du procédé narratif a finalement vertu hallucinatoire. En recourant à la forme traditionnelle du *skaz* — le récit à la troisième personne, mais tout entier conté dans le langage propre au protagoniste —, Soljénitsyne, à force de donner l'illusion d'un soliloque continu — encore que le « je » en soit banni —, où tout est vu, senti, réfléchi par Choukhov, à force, en somme, de s'être fondu dans sa créature, force le lecteur à se fondre en elle : non plus à regarder vivre, mais à vivre — ou revivre — soi-même.

***

Khrouchtchev, en donnant son aval, n'avait vu dans *Ivan Denissovitch* qu'un outil de choix pour parfaire le déboulonnage de son prédécesseur : la sensibilité littéraire n'était pas son fort. Encore moins le don de l'analyse qui lui aurait permis de déchiffrer dans le bagne de Choukhov autre chose que la donnée immédiate.

La parabole politique, pourtant, sautait aux yeux. Cette société concentrationnaire, royaume du vol et de la bêtise, où le service des « Loisirs culturels » a pour fonction de censurer les lettres, et que régissent des lois si « parfaites » qu'elles ne se peuvent pas toujours appliquer, cette société ubuesque où la joie suprême consiste dans un travail qui ne sert à rien et où l'on traite en ennemi son compagnon de chaîne, alors qu'on se sent obscurément solidaire du bourreau, une telle société en évoque irrésistiblement une autre. Et ce chantier de forçats, appelé la « *Cité du Socialisme* », où, avant que de construire, il faut d'abord s'enfermer derrière des barbelés, est symbole si éclatant qu'on se demande même comment cela a pu être imprimé en U.R.S.S. En bref, le bagne n'est, pour Soljénitsyne, que le reflet caricatural de la société soviétique, et Choukhov, l'homme du peuple qui a compris, l'incarnation d'une majorité silencieuse refusant la société qu'elle subit.

Mais ce bagne n'est pas seulement l'image d'un ici-bas russe. Monde clos (comme chez Sartre), monde de l'absurde (comme chez Camus), monde d'une souffrance de chaque instant (comme dans la religion chrétienne), c'est aussi l'enfer. Et, puisqu'il n'y a pas d' « ailleurs », puisque l'enfer est partout, c'est le problème de l'homme sur la terre qui se pose : peut-on faire son salut? La réponse que donne Soljénitsyne constitue la troisième dimension, la dimension philosophique du roman.

Pour les « salauds » — planqués, mouchards ou caïds —, la notion de salut n'a pas de sens : l'enfer est leur métier. Aucun espoir d'être sauvé n'existe non plus pour ceux — Fétioukov par exemple — qui ont perdu leur qualité d'homme. Les gens comme César et ceux de son bord, qui poursuivent en captivité leurs débats d'esthètes, esquivent le problème. (Le mépris du narrateur pour une intelligentsia incapable de renoncer à ses jouets n'est pas réaction de moujik inculte : c'est la condamnation pascalienne du « divertissement ».) Trois figures personnifient en revanche la recherche du salut : le communiste Bouynovski, le chrétien Aliocha et Choukhov le stoïque.

Bouynovski s'est fourvoyé au départ : il croit que la justice existe de l'autre côté des miradors. Il le crie à ceux qui la bafouent. Il sera rayé du nombre des vivants. Dans *le Chêne et le Veau,* Soljénitsyne précise qu'à l'origine il avait conçu Bouynovski comme un « personnage comique » et dû gommer cet aspect. Le texte publié en 1973 témoigne en effet d'une vision beaucoup plus nuancée que celui qui avait paru dans *Novy Mir.* Elle n'atténue en rien le tragique d'un choix qui n'a sauvé que l'honneur.

Aliocha, lui, a trouvé le salut : dans la foi chrétienne; par le renoncement. Même en enfer, il connaît le bonheur. Certains commentateurs ont vu en lui le Juste à la manière de Matriona, une sorte de porte-parole de Soljénitsyne. Le credo qu'il professe dans son dialogue final avec Choukhov, ce christianisme qui, rejetant toute église inféodée à l'État, s'attache à redécouvrir la source évangélique, l'auteur, sans nul doute, y souscrit. C'est à Choukhov, pourtant qu'il va laisser le dernier mot.

A première vue, Choukhov semble représenter la solution païenne au problème du salut. Il ne croit guère en Dieu, et son dieu, en tout cas, ne s'occupe pas des affaires humaines. Sans illusions sur les hommes, il n'attend rien de la liberté — l'autre monde d'ici-bas —, et l'idée d'un monde de l'au-delà lui paraît ridicule. Son pessimisme est absolu. Mais il a tiré de ces prémisses de désespoir une morale rigoureuse : survivre (marauder des soupes au cuisinier ou rendre des services aux copains, qui le remboursent en nourriture); accomplir sa tâche (maçonner en conscience, même sachant que cela ne sert à rien); et, surtout, lutter contre soi-même pour demeurer un homme (ne pas quémander les mégots des « riches », ni « licher » les fonds d'écuelle). Il ne renonce pas : il assume.

On serait tenté de dire : le chrétien a sauvé son âme; le stoïque sauvera son corps. Mais, à la dernière page, cette antithèse simpliste bascule : c'est Choukhov qui, en sacrifiant à Aliocha une part des galettes dont César a payé ses bons offices, va accomplir l'acte de charité qui est l'essence même du christianisme. Qu'a voulu montrer l'auteur? Que les œuvres sont aussi méritoires que la foi? Que, sans croire, l'on peut être aussi chrétien qu'un fidèle? Que l'âme du moujik recèle toujours une étincelle de sainteté? Soljénitsyne nous laisse le choix entre bien des réponses. Et il arrive d'ailleurs qu'un personnage de roman prenne vie au point que son créateur n'en soit plus le maître. Reste cette étonnante image finale : Choukhov, le négateur, refaisant le geste de la Cène.

***

Lukacs a tenté une lecture marxiste de ce roman : c'est le propre des grandes œuvres que tous les grands esprits y trouvent leur bien. Mais, pour vraiment comprendre celle-ci en tant que fait d'histoire, c'est une lecture à la fois russe et soviétique qui s'impose.

Qu'*Une Journée d'Ivan Denissovitch* s'inscrive dans la tradition littéraire de la Russie du XIXe siècle, que Choukhov descende du Platon Karataïev de *Guerre et Paix* comme Aliocha de son homonyme des *Frères Karamazov*, que la technique du *skaz* ait été héritée de Leskov et que le lieu de l'action soit une moderne *Maison des Morts*, il n'est guère de critiques qui ne l'aient relevé.

De même apparaît-il aujourd'hui à l'évidence qu'*Ivan Denissovitch* se situe au confluent, quand ce n'est à la source, des principaux courants des lettres soviétiques pendant plus d'une décennie. Toutes les grandes œuvres de la littérature concentrationnaire — *Une voix dans le chœur* d'André Siniavski ou le *Journal d'un condamné à mort* d'Edouard Kouznetsov — sont de sa descendance. Si tel ou tel aspect de la terreur dite stalinienne avait été déjà traité selon les idées reçues, c'est après *Ivan Denissovitch* que Dombrovski s'attachera à démonter le mécanisme du phénomène, pour le replacer dans l'histoire universelle. Le personnage de Choukhov est un jalon fondamental dans le renouveau du roman paysan, et l'on en découvre le reflet dans des figures aussi différentes que l'Ivan Africanovitch de Biélov ou le Fomitch de Mojaïev. Le groupe dit des néoslavophiles a poussé comme un rameau divergent sur la « russitude » d'*Ivan Denissovitch*. A la profession de foi chrétienne qui sous-tend *Ivan Denissovitch* vont faire écho une foule d'écrits circulant sous le manteau, mais, aussi, dans la littérature « légale », les efforts d'un Doroch pour réhabiliter le cénobitisme médiéval en tant que ferment de civilisation. Et tous ces courants se rejoignent dans *Ivan Denissovitch* parce que Soljénitsyne y a exprimé ce qu'il y a de plus essentiel dans le mouvement littéraire des années soixante : la redécouverte d'un passé, récent ou lointain, obnubilé par des mythes; la volonté de retrouver une continuité historique qui rende à la nation conscience de sa personnalité.

Mais, en apportant une réponse chrétienne à ce « Qui suis-je? », *Ivan Denissovitch* crève les cadres du phénomène littéraire. Par son christianisme détaché de l'Église officielle et dont le Dieu réside dans les cœurs, par ce christianisme de la charité et du salut, il tient aux plus vieilles fibres de l'âme populaire, à l'évangélisme des Raskolniks, dont quatre siècles de persécutions ne sont pas venus à bout. Par son apparente incongruité, quarante-cinq ans après une révolution socialiste, il traduit l'échec d'une propagande idéologique qui, réduite à des stéréotypes sans rapport avec le réel, n'a su rien substituer de crédible à des croyances mises de force sous le boisseau. Et son impact ne s'explique pas seulement par sa valeur intrinsèque ou son actualité : *Ivan Denissovitch* répondait aussi à un besoin de foi, dont il faut bien aujourd'hui, qu'on s'en réjouisse ou qu'on le déplore, constater l'ampleur, et dans toutes les confessions, ainsi qu'en témoignent, plus encore que la fréquentation des églises, les révoltes de conscience au sein du clergé orthodoxe, la poussée des sectes, les manifestations catholiques en Lituanie, ou le retour de tant de Juifs, qui se croyaient assimilés, à la religion de leurs ancêtres.

C'est tout ce courant souterrain d'une crise morale, ce tréfonds d'une société apparemment monolithique, qu'*Ivan Denissovitch* éclaire ou, plutôt, aurait éclairé, si l'on avait su le lire.

***

Plus de treize ans ont passé depuis qu'*Ivan Denissovitch* a vu le jour. Des œuvres monumentales ont succédé à ce joyau. Le provincial qui écrivait en cachette afin, dit-il, de « se faire la plume », est devenu gloire mondiale pour ce que sa personne, en surcroît de ses livres, représente. La prière chuchotée d'Aliocha s'est muée en clameur de prophète qui dérange les grands de ce monde et émeut jusques à ceux qu'elle ne persuade pas. Pourtant, c'est toujours *Ivan Denissovitch* qui revient, le premier, à l'esprit dès qu'on nomme Soljénitsyne. Et, aujourd'hui encore, dans *l'Archipel du Goulag*, c'est à Choukhov, à l'ironique et miséricordieux Choukhov, que Soljénitsyne demande de le guider à travers les cercles d'un enfer sans pardon. Parce qu'*Ivan Denissovitch* est son ouvrage le plus achevé sous le rapport de la beauté formelle? Il se peut. Parce qu'on trouve là ramassés tous les thèmes d'une méditation qui n'a cessé de se ramifier, en demeurant fidèle à sa source? Sans doute. Mais, surtout, parce que ce livre, que la réflexion n'épuise jamais, parle au cœur de tous les hommes, en leur parlant de l'honneur d'être un homme.

Comme ces quatuors, où la palpitation d'une chanterelle en dit parfois plus long sur la grandeur de Beethoven que les plus grandioses symphonies, *Ivan Denissovitch* est peut-être le livre où Soljénitsyne nous a confié le meilleur de lui-même.

Jean CATHALA
Moscou 1962 — Paris 1976

A cinq heures du matin, comme tous les matins, on sonna le réveil : à coups de marteau contre le rail devant la baraque de l'administration. De l'autre côté du carreau tartiné de deux doigts de glace, ça tintait à peine et s'arrêta vite : par des froids pareils, le surveillant n'avait pas le cœur à carillonner.

La sonnerie s'était tue. Dehors, il faisait noir, noir comme en pleine nuit, quand Choukhov était allé à la *paracha* (1). Sauf les trois phares jaunes tapant dans la fenêtre : deux depuis l'enceinte, et un de l'intérieur du camp.

Personne, comme qui dirait, n'était venu décadenasser la porte. Et on n'avait pas, non plus, entendu les dortoiriers enfiler leur perche dans les oreilles du jules, signe qu'ils vont l'emporter.

Il ne dormait jamais une seconde de trop, Choukhov : toujours debout, sitôt le réveil sonné, ce qui lui donnait une heure et demie de temps devant soi d'ici au rassemblement, du temps à soi, pas à l'administration, et, au camp, qui connaît la vie peut toujours profiter de ce répit : pour coudre à quelqu'un un étui à mitaines dans de la vieille doublure; pour apporter ses

(1) Diminutif de Prascovie. Baquet à usage de jules (*N.d.T.*).

valienki(1) — secs et au lit — à un riche de votre brigade, histoire que le gars n'ait pas à tournailler nu-pieds tant qu'il ne les a point retrouvés dans le tas ; pour trotter d'un magasinier l'autre, voir s'ils n'ont pas besoin d'un coup de main ou de balai ; ou, encore, pour s'en aller au réfectoire empiler les écuelles laissées sur les tables et les porter à la plonge, ce qui vous vaudra aussi du rabiot, mais, là, les amateurs ne manquent pas, ça désemplit jamais et, le principal, s'il y a un reste dans une écuelle, vous résistez mal à l'envie de licher. Or Choukhov s'était enfoncé dans la tête la leçon de son premier brigadier Kouziomine, vieux cheval de retour (en 43, il avait déjà tiré douze ans) qui, dans une clairière près du feu, avait expliqué au renfort qui lui arrivait du front :

— Ici, les gars, c'est la loi de la taïga. N'empêche que, même ici, on peut vivre. Ce qui ne fait jamais de vieux os au camp, c'est le licheur d'écuelles, le pilier d'infirmerie et celui qui va moucharder chez le Parrain (2).

Là, il en rajoutait. Qui va moucharder chez le Parrain s'en tire toujours. Avec la peau des autres.

Il restait donc couché, Choukhov, lui toujours debout sitôt le réveil sonné. Depuis la veille au soir, ça n'allait pas : des espèces de frissons, ou bien de courbatures. De toute la nuit, il n'était pas arrivé à se réchauffer. Même qu'il y avait eu des moments où, au travers de son sommeil, il se sentait vraiment mal, alors qu'à d'autres le mal avait l'air de passer. Si seulement le matin avait pu ne pas venir... Mais il s'était amené à l'heure, le matin.

Le moyen, aussi, de se réchauffer avec une pareille croûte de glace sur la fenêtre, quand du givre en toile d'araignée suinte, depuis les joints du plafond tout le

(1) Bottes de feutre ; singulier : *valiénok* (*N.d.T.*).

(2) *Koum*, le « compère » au sens ancien ; surnom, dans l'argot des camps, du chef du service dit « opérationnel » (*N.d.T.*).

long des murs de la baraque, et elle était de taille, la baraque!

De sorte qu'il restait couché, Choukhov, en haut de la *wagonka* (1), couverture et caban ramenés sur la figure, les deux pieds ensemble dans une manche retournée de sa veste matelassée. Sans voir rien, il devinait, au bruit, ce qui se passait dans la baraque et dans le coin de sa brigade. Ces pas pesants dans le couloir, c'étaient les dortoiriers qui emportaient un jules. (Un baquet de cent litres! C'est considéré comme travail d'invalide, mais essayez un peu de coltiner ce machin-là sans que ça gicle.) Ce « poum » sur le plancher, c'était le ballot de *valienki* qu'on ramenait du séchoir : les bottes de la brigade 75. Maintenant, voilà les nôtres, puisque, cette nuit, c'est aussi notre tour de faire sécher nos bottes. Une *wagonka* grince : notre brigadier et son sous-brigadier qui se chaussent : le sous-brigadier, pour aller au pain, et le brigadier à la baraque de l'administration, histoire de causer avec les répartiteurs.

Mais aujourd'hui, il n'y va pas, comme les autres jours. Aujourd'hui — ça lui revient à Choukhov —, c'est le sort de leur brigade 104 qui se décide, parce qu'on veut la virer des ateliers en construction aux chantiers du *Sotsbyte.* Et ce *Sotsbyte,* la « Cité du Socialisme », c'est du terrain vague, farci de neige. Avant d'y rien faire, il faudra creuser des trous, planter des poteaux et s'enfermer soi-même, crainte qu'on s'évade, derrière des barbelés, après quoi seulement, maçonner.

C'est couru : on va geler pendant un mois. Pas une cabane. Ni le moyen de faire du feu. Avec quoi? Pour s'en tirer vivants, une seule chose : marner en conscience.

Il se fait un sang noir, le brigadier, et il va là-bas pour

(1) Échafaudage de planches, formant deux étages de quatre couchettes jumelées (*N.d.T.*).

arranger la chose. Pour qu'on envoie une brigade moins à la coule. Affaire qui ne se réglera pas, bien sûr, les mains vides. Sans, au moins, une livre de lard pour le chef répartiteur. Sinon un kilo.

Se faire porter malade? Histoire de tirer une journée à l'infirmerie? Qui ne risque rien n'a rien. Surtout que, vrai, Choukhov se sent des douleurs partout.

Oui, mais il faudrait voir à se rappeler le surveillant de service, ce matin.

C'est sûrement Ivan Double-Mètre, le grand maigre aux yeux charbon. A première vue, il vous terrifie tout bonnement, mais, à l'usé, c'est le plus accommodant : il ne vous colle jamais au cachot et jamais il ne vous traîne chez l'officier de discipline. De sorte qu'on va tâcher de rester couché d'ici que la baraque 9 aille au réfectoire.

Une secousse balance la *wagonka.* C'est deux qui se lèvent à la fois : sur les planches d'en haut, le voisin de Choukhov, Aliocha, un baptiste, et, en dessous, Bouynovski, qui est capitaine de frégate. Qui l'a été, plutôt.

Après avoir emporté les deux *paracha,* les dortoiriers se disputent pour savoir à qui ce sera d'aller chercher l'eau bouillante. Ils s'engueulent, ces vieux, que c'est horripilant comme des vieilles. Ça fâche le soudeur de la brigade 20. Il les traite de dégoulinants et leur envoie dessus son *valiénok* pour les calmer. La botte va cogner contre un montant de châlit. Les vieux la bouclent.

Le sous-brigadier des voisins chuchote :

— Vassil Fedorytch, on s'est fait avoir par ces salauds de la paneterie : trois miches à neuf cents, au lieu de quatre. Sur qui on va prendre la différence?

Si bas qu'il l'ait dit toute la brigade a entendu et se tait : quelqu'un, le soir, aura sa ration écornée.

Il restait couché, Choukhov, sur la sciure tassée à refus de sa paillasse. Si seulement la fièvre se décidait : à tomber ou bien à le faire franchement grelotter, au lieu de le travailler, ni sain ni malade...

Le baptiste marmonnait ses prières. Bouynovski, retour de faire ses besoins, gueula, comme si c'était bonne nouvelle (d'ailleurs, il ne s'adressait à personne) :

— Hardi, la Flotte! Il fait au moins trente au-dessous.

Choukhov irait donc à l'infirmerie.

A la minute où il prenait cette décision, une main — la main de quelqu'un qui a pouvoir sur vous — arracha couverture et veste. Choukhov rabattit son caban et s'assit. A ses pieds, une figure en lame de couteau émergeait des planches : le Tartare! Comme quoi il avait dû prendre son service à la place d'Ivan Double-Mètre et s'amener en douce.

— *CH-854* (le Tartare venait de lire le matricule sur l'écusson blanc dans le dos du caban noir), trois jours de cellule sans dispense de travail.

Dans le faux jour de cette baraque (ça n'était pas toutes les ampoules qui fonctionnaient) où deux cents bonshommes couchaient sur cinquante *wagonkas* grouillant de punaises — sa voix d'étranglé, qu'on connaissait bien, mit tout le monde en branle, et ceux qui n'étaient pas encore debout commencèrent à s'habiller avec beaucoup de zèle.

— Quoi que j'ai fait, chef? demanda Choukhov.

Le ton était lamentable, mais, au fond, il n'y avait pas de quoi se lamenter. Trois jours de mitard en allant au boulot ce n'est que demi-cachot, vous mangez chaud et vous n'avez pas le temps de penser. Le vrai cachot c'est avec dispense de travail.

— Pas levé au réveil.

Il n'allait pas se donner la peine d'expliquer : Choukhov devait se rendre compte aussi bien que lui et que chacun dans la baraque.

La face glabre et fripée du Tartare n'exprimait rien. Il se retourna, en quête d'un autre gibier. Mais ceux que protégeait l'ombre aussi bien que ceux qu'éclairaient les ampoules, sur les planches d'en bas comme sur celles d'en haut, tous enfilaient déjà leurs culottes noires matelassées, matriculées au genou gauche ou, déjà habillés, bouclaient leur caban et se pressaient de sortir : le Tartare, mieux valait avoir affaire à lui dehors.

Passe encore si Choukhov s'était fait jeter au trou pour une autre raison, pour l'avoir mérité. Mais le vexant de la chose, c'est que, d'ordinaire, il était un des premiers debout. Et pas moyen, avec le Tartare, de faire lever une punition. Tout en continuant à discuter pour le principe, il remonta la culotte ouatée qu'il avait gardée pour la nuit (au-dessus du genou gauche, elle portait aussi un chiffon sale, avec le matricule *CH-854* en chiffres d'un noir déjà grisonnant), revêtit sa veste (avec deux matricules : un sur la poitrine et un dans le dos), retrouva ses *valienki* dans le tas par terre, se coiffa de son bonnet (qui avait, devant, le même chiffon à matricule) et suivit le Tartare.

Toute la brigade 104 l'avait vu se faire pincer, mais personne ne mouffeta. A quoi bon? Et quoi dire? Le brigadier aurait pu essayer, mais il était parti. De sorte que Choukhov, lui aussi, la boucla, histoire de ne pas aggraver son cas. Les autres, sûrement, auraient assez d'idée pour lui garder son petit déjeuner.

Il sortit donc en la compagnie du Tartare.

Dehors, ça gelait ferme, avec une brume qui vous coupait la respiration. Depuis les miradors, deux forts projecteurs balayaient à feux croisés le chemin de ronde sous leurs faisceaux en croix. Les phares de l'enceinte et ceux du camp donnaient tous. Ça faisait tant de lumières à la fois que les étoiles en pâlissaient.

La neige crissait sous les semelles des *zeks*(1) qui couraient à leurs affaires : les uns aux cabinets, d'autres à la réserve, d'autres à la consigne des colis, d'autres à la

(1) Du mot « *zaklioutchonny* » : détenu (*N.d.T.*).

cuisine spéciale pour y faire cuire leur *kacha*, tous la tête dans les épaules et recroquevillés sous leurs cabans, gelés, moins de froid qu'à l'idée de toute la journée qu'ils allaient passer au froid. Mais le Tartare, dans sa vieille capote aux pattes d'épaule d'un bleu crasseux, il marchait bien tranquille, à croire que le froid n'avait pas prise sur lui.

Ils dépassèrent la haute palissade de planches qui ceinturait la maison en pierres du *BOUR*(2), la prison du camp, dépassèrent les barbelés qui défendaient la paneterie contre les détenus, dépassèrent le poteau, au coin de la baraque de l'administration, où un rail pendait, blanc de glace, à un gros fil de fer, et dépassèrent le poteau suivant. A l'abri du vent, pour que le mercure ne descende pas trop, un thermomètre emmailloté de givre y était cloué. Choukhov lança un clin d'œil d'espoir à ce manchon laiteux : quand le mercure atteignait 41 au-dessous on n'allait pas au travail. Mais ça n'approchait même pas de 40.

Dans la baraque de l'administration, le Tartare le fit entrer de suite au corps de garde. Depuis un moment, Choukhov s'en doutait : pas question de cellule, c'est le plancher du corps de garde qui avait besoin d'un coup de torchon. Comme prévu, le Tartare annonça qu'il faisait grâce : *CH-854* laverait le plancher.

Laver le plancher du corps de garde relevait des fonctions du planton, un *zek* qui restait au camp. Incrusté dans ce fromage, admis dans les bureaux du commandant du camp, de l'officier de discipline et du Parrain, leur rendant de menus services et apprenant parfois des nouvelles ignorées des surveillants eux-mêmes, ce gars avait fini par trouver au-dessous de sa dignité de laver le plancher des sergents. Et eux, s'en étant rendu compte, après deux ou trois fois qu'il leur

(1) Baraque de discipline (*Note de l'auteur*).

avait fait faux bond, cueillaient le premier puni venu pour leur faire le ménage.

Le poêle chauffait dur. En bourgerons sales, deux surveillants jouaient aux dames, tandis que le troisième, ceinturon bouclé, en touloupe et bottes de feutre, dormait sur un banc. Dans un coin, un seau et une serpillière attendaient.

Choukhov, réconforté, présenta ses excuses au Tartare :

— Merci, chef. Je recommencerai plus.

Le lavage des planchers, c'est pas compliqué : quand on a fini, on s'en va. Choukhov (maintenant qu'on lui avait donné du travail, la courbature semblait passer) empoigna le seau à main nue (à tant se presser, il avait oublié ses mitaines sous l'oreiller) et alla au puits.

Les brigadiers qui sortaient du *P.P.T.* (autrement dit le service de la production planifiée) formaient le cercle devant le thermomètre. L'un d'eux, un jeune, héros, dans le temps, de l'Union Soviétique, avait grimpé au poteau, il frottait le manchon de glace, et on lui criait d'en bas :

— Souffle pas dessus : il va monter.

— C'est pas ça qui lui fera marquer midi !

Turine, le brigadier de la 104, n'était pas là. Choukhov déposa son seau et regarda, les mains dans les manches. Le gars qui avait grimpé au poteau brailla : « Vingt-sept et demi, le conard », vérifia encore, histoire d'être plus sûr, et sauta par terre. Quelqu'un dit :

— Faut pas croire à ce truc-là : il raconte toujours des blagues. S'il était pas détraqué, on l'aurait pas mis dans un camp.

Les brigadiers se dispersèrent. Choukhov courut jusqu'au puits. Sous le bonnet, dont il avait pourtant rabattu les oreilles, mais sans nouer les cordons, le froid vous mordait aux mâchoires.

La margelle avait un si beau manteau de glace que le seau se coulait à peine dans le trou, et la corde était raide comme piquet.

Le seau fumait quand Choukhov rentra au corps de garde. Il ne sentait plus ses mains. Pour se les réchauffer, il les plongea dans l'eau froide.

Le Tartare était reparti. Les autres — quatre à présent —, abandonnant damier et roupillon, discutaient entre soi la ration de millet qu'ils toucheraient en janvier. Dans la localité, le ravitaillement allait mal et, bien que les cartes aient été supprimées depuis beau temps, les surveillants avaient le droit — mais pas les civils — d'acheter au rabais.

Un des quatre se retourna :

— Ferme la porte, ordure, ça souffle !

Mouiller, dès le matin, ses *valienki*, c'est point des choses à faire : inutile de courir à la baraque quand on n'a rien pour se rechausser. Question chaussures, Choukhov avait vu de tout en huit ans de camps, y compris des hivers sans *valienki* et même sans souliers : juste des savates de tille ou ces brodequins en caoutchouc qu'on appelait des *T.T.Z.* (1), à cause qu'ils vous laissaient par terre la trace d'un pneu. A un moment pourtant, la situation avait eu l'air de s'arranger. En octobre, il avait touché des brodequins magnifiques (et touché pourquoi ? parce que le jour où le sous-brigadier était allé au magasin, Choukhov lui avait collé aux trousses), des brodequins durs comme fer au bout, avec la place pour deux épaisseurs de *portianki* (2) bien chaudes. Pendant une semaine, il s'était promené là-dedans, fier comme à la noce, en faisant claquer ses talons tout neufs. Et lorsqu'en décembre des *valienki*, en plus, étaient arrivés, il avait trouvé la vie belle. C'est alors qu'à la comptabilité, un malpropre avait glissé dans l'oreille de l'administration que, du moment qu'on distribuait des *valienki*, il fallait rendre les brodequins,

(1) Initiales de l'usine de tracteurs de Tchéliabinsk (*N.d.T.*).
(2) Ce que nous appelons chaussettes russes (*N.d.T.*).

vu qu'un *zek* qui aurait de l'un et de l'autre pour se chausser, ce serait du gâchis. De sorte que Choukhov avait dû choisir : se geler les pieds tout l'hiver en brodequins, ou se les mouiller en *valienki* au dégel. Des brodequins tout neufs, dont il prenait soin comme de la prunelle de ses yeux, même qu'il les avait ramollis à la graisse à machine... Misère! Depuis huit ans, ç'avait été le pire crève-cœur, ces brodequins perdus. Ce qu'on remet à la masse, n'est-ce pas, on ne le récupérera jamais au printemps. [C'est comme chevaux donnés au kolkhoze] (1).

Il trouva la solution : se déchausser en souplesse, ranger ses bottes dans un coin, y glisser les *portianki* (la cuillère chut bruyamment : si vite qu'il se fût équipé pour le cachot, il ne l'avait pas oubliée) et opérer pieds nus. A force de coups de serpillière l'eau arriva vite jusqu'aux *valienki* des surveillants.

— Tu peux pas faire attention, hé, vermine? clama le premier qui s'en aperçut, en se ramenant aussitôt les pieds sur sa chaise.

— ... Du riz? Le riz, c'est pas rationné pareil. Compare pas avec le riz!

— Qu'est-ce que c'est que cette inondation, bougre d'idiot? Où tu as vu laver comme ça?

— Y a pas autrement moyen, chef : c'est tout mangé de malpropreté.

— T'as jamais regardé, cochon, quand ta femme lavait les planches?

Choukhov se redressa, la serpillière dégoulinante au poing, et un brave sourire lui découvrit la mâchoire. Il y manquait pas mal de dents. Un souvenir d'Oust-Ijma : le scorbut de 43. Choukhov avait bien failli y passer : vidé à force de faire le sang et l'estomac tellement esquinté qu'il ne pouvait rien prendre. Depuis, il zozotait. C'est tout ce qui lui était resté de cette époque.

(1) Voir note page 12 (*N.d.T.*).

— Ma femme, chef, on a fini son temps ensemble en 41. Je ne me rappelle même plus comment c'est fabriqué, une femme.

— Non, mais regardez-le laver! Ça ne sait rien faire et ça ne veut rien foutre. Ils ne méritent même pas le pain qu'on leur donne, ces ordures. On devrait leur faire bouffer de la merde!

— Une belle connerie, aussi, de laver le plancher tous les jours : de quoi attraper le mal de la mort. Tu m'écoutes, *854?* Frotte doux, que ça mouille presque pas, et fous le camp d'ici.

— ... Le riz? Tu vas pas le comparer au millet, le riz!

Choukhov suivit allègrement la consigne. Le travail, c'est comme un bâton, ça a deux bouts et tu le prends selon. Avec des gens bien, fais-le bien, et frime quand c'est pour les chefs. Autrement, c'est connu, voilà belle lurette qu'on aurait crevé tous.

Il passa le torchon, manière qu'il ne reste plus une tache de sèche, le lança derrière le poêle sans même le tordre, se rechaussa sur le seuil, vida l'eau sur le chemin réservé aux officiers et fonça par la traverse, le long des bains du noir bâtiment du club glacé, droit sur le réfectoire.

C'est qu'il fallait trouver le temps d'aller encore à l'infirmerie — les douleurs le repinçaient de partout — et, aussi, ne pas se faire paumer en chemin par un surveillant, car il y avait ordre du chef de camp, et pas pour rire, de ramasser les retardataires isolés et les flanquer en cellule.

Une veine : pas de queue devant le réfectoire; on entrait comme chez soi.

Dedans, une buée à couper au couteau, comme au bain : les bouffées d'air glacé arrivant de la porte et la vapeur des soupes. Plusieurs brigades étaient attablées. Les autres se bousculaient dans les passages en attendant des places libres. Trouant la cohue, des hommes — deux ou trois par brigade — apportaient sur des plateaux en bois les écuelles de soupe et de kacha en cherchant où les poser sur les tables. Ça gueulait : « T'es sourd? T'as les côtes en long? Ça y est, il a cogné mon plateau, l'animal! » Floc d'éclaboussures. Un gnon sur la nuque. Il ne l'a pas volé! Faut débarrasser le chemin, au lieu de guigner les fonds d'écuelle à licher.

A une table, au fond, avant de plonger sa cuiller dans la soupe, un jeunet fait le signe de la croix. [Un gars, pour sûr, de chez Bandéra (1) et un bleu : les anciens à Bandéra, après des années de camp, l'habitude leur en a passé.] Les Russes, ils ne savent même plus de quelle main ça se fabrique, un signe de croix.

A cause qu'il ne fait pas chaud dans le réfectoire, la plupart mangent le bonnet sur la tête, mais posément, en cherchant, sous les feuilles de chou noir, la bouillie de petits poissons pourrissants dont on recrache les arêtes sur la table. Lorsque ça fait un gros tas et que la brigade suivante va s'attabler, on les balaie d'un revers de sa main, et elles s'en vont craquer sous les bottes.

Mais on ne crache jamais les arêtes directement sur le plancher : c'est malpoli.

Au milieu de la baraque, il y a deux rangées de madriers; plutôt des étais. Assis contre un de ces poteaux, Fétioukov monte la garde devant le déjeuner de Choukhov. A la brigade 104, on ne le cote pas haut, Fétioukov. Tout en bas de l'échelle. Moins que Choukhov. Parce qu'une brigade, si, vue de dehors, c'est rien que cabans noirs et matricules, regardée du dedans, c'est drôlement inégal : ça grimpe en escalier. Un Bouynovski, on ne le mettra pas de faction devant une écuelle.

(1) Éd. de 1962 : « *Pour sûr, un Ukrainien de l'Ouest, et un bleu* ». Les détachements d'autonomistes ukrainiens, formés par Stéphan Bandéra pendant la Seconde Guerre mondiale, poursuivirent la guérilla plusieurs années après la reconquête de l'Ukraine. Réfugié à Munich, Bandéra fut assassiné en 1959. (*N.d.T.*).

Et Choukhov non plus n'accepte pas n'importe quel boulot : il y en a de moins haut placés.

Fétioukov céda son coin en soupirant :

— C'est tout froid. J'ai bien failli te la manger : je te croyais au mitard.

D'ailleurs, il ne s'incruste pas : Choukhov ne lui laisserait rien ; il allait te me récurer ses deux écuelles à fond.

Choukhov tira sa cuiller de sa botte. Il y tenait, à cette cuiller : elle avait fait tout le Nord avec lui, fondue qu'elle était — dans le sable, à partir d'un fil d'aluminium — par ses mains à lui, et portant gravée l'inscription : *Oust-Ijma, 1944*.

Puis il enleva son bonnet (il avait le crâne rasé, mais, par les pires froids, il ne se permettait jamais de manger couvert) et touilla sa soupe à la cuiller, histoire de se rendre compte de ce qu'on avait versé dans l'écuelle. De l'entre-deux : ni le dessus de la bassine, mais pas le fond. Sauf que Fétioukov était bien capable de lui avoir piqué une pomme de terre.

Le bon côté de la soupe, le seul, c'est que c'est chaud. Celle de Choukhov avait complètement refroidi. Il la mangea pourtant avec même conscience. Y aurait-il le feu à la baraque qu'on ne doit jamais se presser. Sommeil à part, l'homme des camps ne vit pour son compte que dix minutes, le matin, au premier déjeuner, cinq au déjeuner et cinq au dîner.

La soupe ne varie pas d'un jour l'autre : tout dépend du légume stocké pour l'hiver. L'année d'avant, c'était de la carotte salée, et de septembre à juin, on s'était tapé de la soupe aux carottes. Cette saison, on a du chou noir. Le bon temps pour le ventre, c'est juin : les légumes finis, vous avez du gruau à la place. Le pire, c'est juillet : le hachis d'orties bouilli.

Le poisson, ç'avait beau être surtout de l'arête, la chair, émiettée par trop de cuisson, ne tenant plus guère qu'à la tête et à la queue, Choukhov raclait les carcasses naines, tant qu'il n'y reste plus bribe ni écaille, après quoi il les mastiquait à pleines dents, suçait à refus et recrachait sur la table. Le poisson, n'importe lequel, il n'en laissait jamais rien : ni nageoires, ni queue, et pas même les yeux, du moins quand ils étaient restés à leur place, vu que si, détachés en bouillant, ils nageaient dans l'écuelle, il ne pouvait pas avaler ces grosses boules. Même qu'on se moquait de lui à cause de ça.

Il s'était fait des économies, ce matin-là : ne rentrant pas à la baraque, il n'avait pas touché sa miche, de sorte qu'il déjeunait sans pain. Le pain, ça se peut mâcher à part, après, et ça vous bourre encore mieux.

La seconde écuelle, c'était la kacha. De la kacha de sorgho, figée en pâte compacte que la cuiller détachait par morceaux. Mais ce n'était pas le tout qu'elle soit froide : le sorgho, même chaud, n'a pas de goût et vous laisse sur votre faim : de l'herbe qui serait jaune et frimerait le millet. Ça vient des Chinois, qu'on dit. Mais c'est malin, de la servir en kacha. Une fois bouilli, ça va chercher dans les trois cents grammes, et envoyez, c'est pesé ! Rien à voir avec le vrai gruau, sauf que ça passe pour...

Choukhov lécha sa cuiller, la renfila dans sa botte, se recoiffa et alla à l'infirmerie.

Il faisait toujours aussi noir dans le ciel où les phares du camp avaient chassé les étoiles, pendant que les deux projecteurs continuaient à cisailler l'enceinte avec leurs giclées de lumière. Au début, comme c'était un camp dit spécial, il fallait même voir la tapée de fusées lumineuses qu'avait touchées la garde. A force qu'ils en tirent, des blanches, des vertes et des rouges, dès qu'une ampoule pétait, on se serait cru encore au front. Après, ils ont cessé. Peut-être que ça revenait trop cher.

Il faisait donc aussi noir qu'au réveil, mais un œil habitué pouvait, à certains signes, se rendre compte que l'heure du rassemblement approchait. L'adjoint du Bancroche (Bancroche, le garçon de réfectoire, avait assez à bouffer pour se payer un adjoint) allait quérir pour le premier déjeuner les invalides de la baraque 6, qui ne quittent jamais l'enceinte. Un vieux barbichu — un artiste peintre — entrait, tirant la patte, à la section des Loisirs Culturels (il avait besoin d'un pot de noir et d'un pinceau pour repeindre les matricules). Le Tartare — encore lui! — traversait la place d'appel en direction de la baraque de l'administration. Et, finalement, il y avait moins de gens dehors. Autrement dit, tout le monde s'était acagnardé pour savourer, au chaud, les dernières minutes de tranquillité.

Choukhov se planqua derrière le coin d'une baraque : s'il se faisait encore repérer par le Tartare, les ennuis allaient recommencer. Au camp, il faut ouvrir l'œil à longueur de journée, histoire, quand on ne peut se musser dans la cohue, de ne jamais tomber, étant seul, sur un surveillant. Peut-être bien, en effet, qu'il cherche quelqu'un pour une corvée. Ou qu'il est à cran et veut faire passer sa colère. Or, il y a eu un ordre, qu'on a lu dans les baraques : tout détenu sur le point de croiser un surveillant doit se découvrir cinq pas avant d'arriver à son niveau et ne se recoiffer qu'après l'avoir dépassé de deux pas. Il y a des surveillants qui s'en fichent : ils marchent qu'on les croirait aveugles. Mais, pour les autres, un règlement pareil, c'est du nanan. Ça ne se compte plus, les bonshommes qu'ils ont traînés au mitard pour ce qu'on les avait pas salués [les salauds]. Bref, planque-toi.

Ayant échappé au Tartare, Choukhov prenait fermement le chemin de l'infirmerie quand sa mémoire se ralluma : c'était ce matin, avant le rassemblement, qu'il avait rendez-vous avec le grand Letton de la baraque 7, lequel lui devait vendre deux verres de tabac, ce que cette bousculade lui avait complètement chassé de la tête. Or, le grand Letton ayant touché son colis la veille au soir, il ne lui resterait peut-être plus de tabac à vendre le lendemain. Alors? Attendre un mois? Jusqu'au nouveau colis du Letton? C'est qu'il recevait du fameux tabac, du tabac de paysan, fort comme il faut, sentant bon et de belle couleur, pareille qu'à une vache brune.

Très embêté, Choukhov stoppa : peut-être que ça valait la peine d'aller tout de suite à la baraque 7? Mais l'infirmerie était à deux pas. Il trotta jusqu'au perron. Et ce qu'elle crissait, la neige, sous les semelles!

A l'infirmerie, le couloir était si propre qu'on avait toujours peur d'y marcher. Avec ça, des murs ripolinés en blanc. Le mobilier aussi. Et toutes les portes bouclées : les médecins, pour sûr, n'étaient pas levés encore. Mais, dans la salle de visite, l'aide-médecin Kolia Vdovouchkine, un jeune et en blouse blanche lessivée de frais, écrivait, assis derrière une table presque aussi blanche.

A part lui, personne.

Choukhov se découvrit comme devant un supérieur et, habitué par la vie des camps à toujours regarder ce qui ne le regardait pas, fut bien obligé de constater que Kolia avait une drôle de façon d'écrire : des lignes bien de niveau et puis d'équerre, commençant l'une juste au-dessous l'autre, à trois bons doigts du bout de la page, mais chacune avec une grande lettre. On voyait tout de suite qu'il ne faisait pas son boulot, Kolia : il bricolait pour son compte. Choukhov, d'ailleurs, avait d'autres soucis. Et il bafouilla, la conscience pas tranquille, exactement comme s'il guignait le bien d'autrui :

— Nicolas Sémionytch, c'est que je vais, comme qui dirait, pas bien.

Nicolas Sémionovitch Vdovouchkine interrompit sa page d'écriture et releva la tête. Il avait de grands yeux bien tranquilles, un calot blanc, comme la blouse, et on n'y voyait pas de matricule.

— Pourquoi tu viens si tard? Tu ne pouvais pas te présenter hier soir? Tu sais bien qu'il n'y a pas de visite du matin. La liste des dispensés est déjà à la *P.P.T.*

Il le savait, Choukhov. Et aussi, qu'à la visite du soir, ce n'était pas plus facile que le matin de se faire porter malade.

— Ça n'est pas tout ça, Kolia... Le soir, tu vois, quand il faudrait, j'y ai pas mal.

— Mal à quoi?

— A bien voir la chose, il faut te dire que j'ai pas mal à un endroit, mais que ça me travaille plutôt de partout.

Choukhov n'avait rien d'un pilier d'infirmerie. Kolia le savait. Mais, le matin, il n'avait droit qu'à deux dispensés. Et il avait déjà exempté de travail deux détenus. Les noms étaient sur un bout de papier. On les voyait par le travers de la glace couleur bouteille qui protégeait le bureau. Même qu'au-dessous il avait tiré un trait.

— Il aurait fallu y penser plus tôt, au lieu d'arriver cinq minutes avant le rassemblement. Prends-moi ça.

Vdovouchkine retira un thermomètre du bocal (il y en avait une demi-douzaine, enfoncés dans les trous d'une gaze à pansement), l'essuya, manière d'enlever le désinfectant, et le passa à Choukhov qui se le mit sous le bras puis alla s'asseoir tout au bout du banc près du mur, tellement au bout que plus loin il aurait basculé avec son siège. Ce n'était point pour faire l'intéressant qu'il avait choisi l'endroit le moins commode : une façon, simplement, mais pas même voulue, de donner à comprendre que l'infirmerie n'était pas un endroit pour lui et qu'il y était à cause de pas grand-chose.

Vdovouchkine se remit à écrire.

Cette infirmerie, quoique dans l'enceinte, on l'avait bâtie si loin que pas un bruit n'y arrivait. Pas un tic-tac de pendule (d'ailleurs, c'est pas besoin pour les détenus, puisque les chefs savent toujours l'heure qu'il est), et pas même un trottinement de souris (le chat de l'hosteau les avait bouffées toutes, à cause qu'on l'avait mis de faction pour ça).

C'était merveille à n'y pas croire, que rester à ne rien faire de cinq bonnes minutes dans cette pièce si propre, si tranquille, et que la grosse ampoule éclairait si fort. Quand il eut bien regardé les murs (où il n'y avait rien à voir), Choukhov regarda sa veste où le matricule de la poitrine s'effaçait : (il faudrait le faire rafraîchir, crainte d'écoper) puis se caressa les joues avec la main que le thermomètre lui laissait libre. La barbe avait drôlement poussé. Elle datait, c'est juste, du dernier passage aux bains : dix jours et plus. Oh, c'était pas bien gênant. Les bains, on y reviendrait dans trois ou quatre jours, et Choukhov en profiterait pour se faire encore raser. Ça servirait à quoi, de traîner chez le coiffeur? A être joli garçon? Non, mais pour qui?

Qu'il était blanc, le calot de Vdovouchkine! Ça rappelait à Choukhov le poste de secours au bord de la Lovate, où il était venu se faire soigner sa blessure à la mâchoire. Ce qu'on peut être trou-du-chose, quand même : une fois pansé, il avait demandé à rejoindre sa compagnie, au lieu qu'il aurait pu rester hospitalisé cinq-six jours.

Maintenant, c'est son rêve : attraper mal pour deux semaines ou trois. Pas le mal de la mort, pourtant, et, surtout, sans opération à la clef. Mais se faire mettre à l'hosteau, tout simplement. Une fois au lit, c'est sûr, il ne rouvrirait pas l'œil de trois semaines. C'est vrai qu'on vous y nourrit au potage, autant dire à l'eau. N'empêche...

Oui mais depuis quelque temps, même à l'hosteau il n'y a plus moyen de rester couché. Un des derniers convois a amené un nouveau docteur, Stépan Grigorytch, un agité, faut voir, et un gueulard qui se monte le bourrichon tout seul pour rendre la vie impossible aux malades. S'est-il pas mis dans la tête de faire trimer tous ceux qui sont pas alités, que ce soit à planter une clôture, à tracer des allées, à fleurir des plates-bandes, ou bien, l'hiver, à tasser la neige dessus? Il vous raconte, cet homme, que pour guérir il n'y a pas plus radical que le travail. Or le travail, faudrait comprendre, même les chevaux en crèvent. Si on le collait, ce docteur, à la pose des briques, comme nous autres, ça le calmerait.

... Vdovouchkine écrivait toujours, et c'était en effet du bricolage, mais d'une nature hermétique à Choukhov. Vdovouchkine recopiait un poème qu'il avait achevé de polir la veille et promis de montrer ce matin-là à ce Stépan Grigorytch.

Ces choses-là n'arrivent que dans les camps. Ayant conseillé à Vdovouchkine de se déclarer aide-médecin et l'ayant embauché comme tel, Stépan Grigorytch lui avait enseigné l'art des piqûres intraveineuses sur d'obscurs prolos, sans compter les Lituaniens ou les Estoniens, dont l'honnêteté native ne se serait jamais avisée qu'un aide-médecin pouvait n'avoir jamais fait de médecine. Car Kolia était étudiant ès-lettres de deuxième année lorsqu'on l'avait arrêté. Et Stépan Grigorytch voulait qu'il profitât de la captivité pour écrire ce qu'en liberté, on ne lui avait pas donné loisir d'écrire.

... La sonnerie du rassemblement fut presque étouffée par la double épaisseur des carreaux couverts d'une glace blanche parfaitement opaque. Choukhov poussa un soupir et se leva. Les frissons le travaillaient toujours mais, pour se prélasser, de toute façon ça semblait raté. Vdovouchkine regarda le thermomètre :

— Trente-sept et deux dixièmes, tu vois? C'est de la fièvre et ça n'en est pas. Tu aurais fait trente-huit, d'accord. Mais là, je ne peux rien pour toi. Reste si tu veux : à tes risques et périls. Après l'appel, si le docteur te porte malade, tu seras exempté de travail. Sinon, tu te fais coller au *BOUR* pour refus d'obéissance. A ta place, j'irais au boulot.

Choukhov ne répondit pas. Pas même d'un signe de tête. Il enfonça son bonnet et sortit. Jamais fesses au chaud n'ont compris morfondu.

Le froid coupait la figure. Saisi par l'âcreté du brouillard, Choukhov eut une quinte de toux. Vingt-sept degrés dehors et trente-sept sous le bras : de Choukhov ou de l'hiver, qui allait posséder l'autre?

Choukhov trotta jusqu'à la baraque. La place d'appel était vide de bout en bout, et le camp vide aussi. C'était le moment, la minute trompeuse où tout est consommé, mais on voudrait croire que non, qu'il n'y aura pas de rassemblement. L'escorte attend au chaud de la caserne, le front somnolant sur le quillon des fusils : par un froid pareil, à l'idée qu'on va battre la semelle en haut des miradors, vous ne vous sentez pas non plus à la noce. Au poste de garde de l'entrée, les gardiens enfournent du charbon dans le poêle. Au corps de garde, les surveillants fument la dernière cigarette avant la fouille. Dans les baraques, cependant, toutes leurs loques sur le dos, saucissonnés avec toutes les ficelles qu'ils possèdent, masqués jusqu'aux cils par les chiffons qui vont les protéger du froid, les yeux fermés, allongés, *valienki* aux pieds, à même la couverture, les *zeks,* sur leurs planches ne bougent pas plus qu'un mort. Jusqu'au coup de gueule du brigadier : « De... bout ! »

De compagnie avec le reste de la baraque 9, la brigade 104 se recueillait. Sauf le sous-brigadier Pavlo qui comptait tout haut, crayon en main. Et, à l'étage supérieur, propre comme un sou et lavé de frais, Aliocha le baptiste en train de relire le calepin où il avait recopié une bonne moitié des Évangiles.

Choukhov — il cavalait sans plus de bruit qu'une souris — stoppa devant la *wagonka* du sous-brigadier.

Pavlo releva la tête :

— On ne vous a donc point bouté tout dret au mitard, Ivan Dénissytch? (Ces Ukrainiens de l'ouest, c'est pas éducable : au camp, ça vouvoie les autres, et ça continue d'appeler les gens poliment, par prénom et patronyme).

Choukhov prit sa miche sur la table. La cuillerée de sucre réglementaire faisait une boulette blanche sur la croûte.

Si fort qu'il eût à faire, Choukhov répondit, lui aussi, poliment (un sous-brigadier, c'est encore, comme qui dirait, un chef, même qu'il a plus en son pouvoir que le commandant du camp) et puis, vu qu'il avait à faire, ayant aspiré le sucre et léché la croûte, il mit le pied sur le tasseau, histoire de grimper pour arranger la literie, mais l'œil tout le temps sur sa miche, et la soupesant au creux de la main, histoire de se rendre compte s'il y avait bien les cinq cent cinquante grammes voulus. Des miches, en prison ou au camp, il en avait touché des mille fois, et ça ne changeait rien qu'il n'ait jamais eu de balance pour la peser ou qu'étant un modeste, il ne se soit jamais risqué à faire le redresseur de torts : comme tout détenu, il avait compris depuis pas mal de lunes qu'en mettant le poids honnête, personne n'aurait tenu longtemps à la paneterie. Du moment qu'ils rognent sur chaque miche, le tout est de savoir combien ils ont rogné et si c'est beaucoup. Alors on regarde. Deux fois le jour pour avoir le cœur net. Peut-être, après tout, que, ce coup-ci, on ne s'est pas trop fait gruger. Peut-être que tous les grammes y sont. Ou presque.

Il en manque vingt, conclut Choukhov. Il coupa la miche en deux. Une moitié alla sur son sein, dans la poche blanche qu'il s'était cousue en dedans de la veste matelassée (à la fabrique pour les *zeks,* on les fait sans poches), et l'autre, puisque c'était bénéfice net à cause qu'il avait déjeuné sans pain, il pensa d'abord la manger de suite. Seulement, ça ne nourrit pas, ce qu'on avale vite : ça passe sans remplir. Au moment de ranger la demi-ration dans son coffre, il se ravisa encore : ça faisait deux fois qu'il avait fallu casser la figure aux dortoiriers. Parce qu'ils volaient : la baraque était grande, et on y entrait comme au moulin.

Sans lâcher son pain, Ivan Denissovitch se tira les pieds des bottes (un tour d'adresse : en laissant chaussettes et cuiller dedans), grimpa nu-pattes jusqu'à sa couche, élargit le trou de la paillasse et y enfonça sa demi-portion dans la sciure. Ensuite de quoi, il se décoiffa pour retirer l'aiguille enfilée qu'il portait cachée dans son bonnet (cachée profond, parce qu'à la fouille on vérifie aussi les bonnets, même qu'une fois un surveillant s'était piqué et, de rage, lui avait quasiment défoncé le crâne). Il n'y avait plus qu'à coudre : un point, deux points, trois points et envoyez! Le trou était fermé, le pain bien caché, et le sucre avait même trouvé le temps de fondre dans la bouche. C'est que, d'une seconde à l'autre, le répartiteur allait pousser la porte et son coup de gueule. Mais il savait se servir de ses dix doigts, Choukhov, et s'appliquer dur n'empêchait pas ses méninges de prévoir.

Le baptiste lisait toujours son évangile, mais pas, qu'on aurait dit, pour soi tout seul : avec un air de le susurrer. Exprès, peut-être. A cause de Choukhov. Ces baptistes, c'est très porté sur la propagande. [Comme les *politrouks* (1).]

— Que nul d'entre vous ne souffre, qu'il disait, comme meurtrier, larron ou malfaiteur, ou pour avoir attenté au bien d'autrui. Mais s'il souffre comme chrétien, qu'il n'en ait point de honte et en glorifie Dieu...

N'empêche qu'Aliocha, c'est quelqu'un : son petit carnet il le planque si joliment dans une fente du mur que pas une fouille n'est venue à bout de le dénicher.

(1) Instructeurs politiques de l'armée. (*N.d.T.*)

Toujours à toute vitesse, Choukhov accrocha son caban au montant du châlit, retira ses mitaines de dessous le matelas, avec, encore, une paire de *portianki* — des mauvaises —, une ficelle et un chiffon à deux cordons. Après quoi il égalisa un peu la sciure de la paillasse (endurcie comme elle était, c'était mauvais aux fesses), borda la couverture, mit l'oreiller en place, redescendit, pieds nus, et se les banda, les bonnes *portianki* — les neuves — d'abord et les mauvaises par-dessus.

Juste à ce moment, le brigadier se racla la gorge, fut debout et annonça :

— La 104 fini de nuiter. De... hors!

Du coup, la brigade au complet, les dormeurs et les autres, se leva, bailla un grand coup et s'ébranla vers la porte. Ce brigadier — dix-neuf ans de camp sur le râble — il ne vous fait jamais sortir trop tôt. Quand il a dit : « Dehors! », c'est le fin bout de la dernière minute.

Le temps que les hommes de la 104, traînant les pieds, sortent un à un, sans mouffeter, d'abord dans le couloir, ensuite dans l'entrée, et puis sur le perron, le temps aussi que le brigadier de la 20, qui prend modèle sur Turine, gueule aussi : « De... hors! », Choukhov avait réussi à enfiler ses bottes par-dessus la double paire de *portianki,* à endosser son caban sur sa veste matelassée et à le boucler. Avec une ficelle serrée à bloc. Vu qu'à l'arrivée au camp on avait confisqué les courroies. Dans les Spéciaux, c'est interdit.

De sorte qu'ayant réussi à tout faire, Choukhov rattrapa, à la sortie, les derniers de la brigade, des dos numérotés, énormes parce qu'on avait mis dessus tout ce qu'on pouvait comme hardes, qui bouchaient la porte, se répandaient sur les marches et puis se rabattaient sur la place d'appel, à la queue leu leu, lourdement, sans tâcher à se rattraper l'un l'autre, de façon qu'on entendait seulement grincer la neige

Il faisait toujours nuit noire, avec juste un peu de vert qui éclairait le ciel du côté où le soleil allait sortir, et il soufflait de par là une maigre bise méchante.

Ce départ en pleine nuit pour l'appel du matin, par froid de loup, avec la faim au ventre pour la journée entière, il n'y a pas pire crève-cœur. On en ravale sa langue. Ça vous coupe l'envie de causer entre soi.

Sur la place d'appel, un sous-répartiteur faisait du zèle :

— Dis voir Turine, il faudra encore attendre longtemps? Toujours en retard, celui-là...

Du sous-répartiteur, ça peut impressionner un Choukhov. Et encore... Mais pas de danger qu'un Turine, par un froid pareil, risque de prendre mal à la gorge pour répondre. Il continuait son petit bonhomme de chemin, sans rien dire, avec, derrière soi, toute la brigade, un tap-tap de bottes et un cric-crac de neige.

Pour le lard, il s'était sûrement fendu d'un plein kilo, vu que, ça se voyait aux voisins, la 104 avait rejoint la colonne habituelle. La Cité du Socialisme, c'est de moins riches et de moins finauds qui s'en offriraient le plaisir. Avec 27 au-dessous et ce vent, sans feu ni abri, ça sera l'enfer, là-bas.

Un brigadier a besoin de beaucoup de lard : pour le *P.P.T.* et puis pour son ventre. Pourtant, il n'a jamais de colis, Turine, mais il ne reste jamais à court de lard : sitôt que quelqu'un, dans la brigade, en reçoit, il lui en apporte offrande.

Sans quoi, on crèverait.

Le chef répartiteur consulte le tableau :

— Turine, tu as un malade, alors vous êtes vingt-trois à sortir.

— Vingt-trois, qu'il fait, le brigadier.

Qui c'est qui manque? Pantéléiev n'est pas là. Mais il n'est pas malade!

Ça chuchote ferme, sur les rangs. Cette pute de

Pantéléiev qui reste encore au camp. Et pas plus malade que mon chose : c'est l'*oper* (1) qui l'aura fait rester. Pour qu'il moucharde encore.

Comme ça, ni vu ni connu : le Parrain pourra l'appeler en plein jour, même le garder, au besoin, des trois heures.

Et pour ça, on le fait porter malade.

La place d'appel est noire de cabans, et les brigades avancent petit à petit pour passer à la fouille. Choukhov se souvient : il faut rafraîchir son matricule. Il joue des coudes pour couper les files. De l'autre côté, deux ou trois *zeks* font déjà la queue devant le peintre. Choukhov prend la suite. Ce matricule, dans notre situation, c'est une vraie calamité : à cause de lui, les surveillants te repèrent à vingt mètres, ou bien c'est l'escorte qui te signale et, les fois que ç'a pas été rafraîchi à temps, tu vas au mitard : fallait être soigneux de ton numéro.

Des artistes peintres, il y en a trois au camp, qui peignent des tableaux gratis pour les officiers. Et puis encore, chacun à son tour, ils se doivent présenter au rassemblement pour repeindre les numéros. Ce matin, c'est le vieux barbichu. Quand il promène son pinceau sur le matricule de la coiffure, on jurerait un pope qui vous administre l'extrême-onction.

Du reste, après deux ou trois coups de badigeon, il s'arrête pour souffler dans son gant. C'est un gant de ville, tricoté : on voit au travers. Ça lui fait les doigts si gourds qu'il n'arrive plus à former ses chiffres.

Choukhov se fit rafistoler le *CH-854* de sa veste et, sans fermer son caban, la fouille étant pour tout de suite, il garda la ficelle à la main et rejoignit la brigade. César fumait. Et pas sa pipe, aujourd'hui : une cigarette. C'est dire qu'il y aurait moyen d'en fumer aussi. Bien sûr, pas question de quémander tout de go. Choukhov

(1) Chef du service opérationnel. (*N.d.T.*)

se plaça donc au plus près de César, mais la tête un peu de guingois, comme s'il regardait à côté.

Il regardait donc à côté, avec l'air que ça lui était bien égal, mais il voyait grimper, à chaque bouffée (et César tirait des bouffées d'homme réfléchi : de loin en loin), l'ourlet rouge de la cendre et, plus ça grimpait vers le fume-cigarette, moins il resterait à fumer.

Fétioukov, qui a tout du chacal, s'était planté juste en face de César, et il le fixait droit dans la bouche, avec le feu aux yeux.

Choukhov, vu qu'il n'avait plus une miette de tabac et aucun espoir de s'en trouver avant le soir, c'est-à-dire de toute la journée, ne se sentait plus d'attente, tant ça lui faisait envie de l'avoir dans la bouche, ce mégot : plus envie, à cette minute, que d'avoir la liberté. Mais, pour rien au monde, il ne se serait dégradé à reluquer César, comme faisait ce Fétioukov.

César, c'est une ripopée de toutes les nations. Grec? Juif? Tzigane? Allez comprendre! Jeune avec ça. Il tournait des films pour le cinéma. Seulement, il n'avait pas fini de tourner son premier qu'on l'a arrêté. Il porte moustache : une moustache noire, drue comme éclat de charbon. On a été bien obligé de la lui laisser : sur la photo de son dossier, il a aussi une moustache.

— César Marcovitch — Fétioukov lâche des flots de postillons, tellement ça le brûle de fumer — César Marcovitch, laissez-moi tirer dessus un petit coup.

Il la guigne tant, cette cigarette, qu'il en a tout un côté de la figure de travers.

César a relevé un peu les paupières — il a aussi les yeux noirs — et regarde Fétioukov. S'il fume surtout la pipe, c'est pour qu'on ne l'embête pas, pour qu'on ne lui quémande pas les mégots. Ce n'est pas son tabac qu'il plaint, mais ses idées. Parce qu'il fume, lui, pour se faire penser, et de la pensée sérieuse, de la pensée qui ramasse quelque chose au bout. Or, quand c'est une cigarette, il ne l'a pas sitôt allumée que ça se lit dans une douzaine d'yeux : « Tu me laisseras le mégot? »

César se retourne vers Choukhov :

— C'est pour toi, Ivan Denissovitch...

Et il arrache d'un coup de pouce le mégot brûlant au fume-cigarette d'ambre.

Choukhov en frémit. (C'est pourtant ce qu'il attendait : que ça soit César qui offre.) Vite, il cueille le mégot d'une main reconnaissante, l'autre ouverte en dessous par précaution, pour le cas où il le lâcherait, pas du tout vexé que César ait fait le dégoûté en ne lui prêtant pas, aussi, le fume-cigarette : il y en a qui ont la bouche saine et d'autres qui l'ont pourrie. Du reste, la peau de ses mains ne craint plus rien : les doigts dans le feu, il ne se brûle pas. L'essentiel, c'est qu'il a possédé ce chacal de Fétioukov. Il aspire jusqu'à ce que la braise lui cuise la lèvre. C'est d'un bon! A cause de la faim, la fumée se répand dans tout le corps, pour, après, s'installer dans les jambes et puis dans la tête...

Il commençait tout juste à savourer cette merveille quand une rumeur l'avertit :

— Ils confisquent le linge de dessous.

C'est ça, la vie de *zek*. Choukhov a l'habitude : toujours ouvrir l'œil, crainte qu'on te saute à la gorge.

D'abord pourquoi le linge? Le linge, c'est le commandant du camp soi-même qui l'a fait distribuer. Il y a sûrement autre chose.

Deux brigades, devant, allaient encore passer à la fouille quand la 104 se rendit compte : Volkovoï, le lieutenant qui fait fonction d'officier de discipline, venait de sortir de la baraque de l'administration et avait crié aux surveillants on ne savait pas quoi, mais les surveillants qui, avant, vous fouillaient à dépêche-compagnon, du coup ils avaient foncé dans le tas comme chiens lâchés, pendant que leur adjudant gueulait :

— Déboutonnez les chemises!

Volkovoï, ça n'est pas tout que les *zeks* en aient peur : les surveillants aussi le craignent, et même, qu'on dit, le commandant du camp. Le bon Dieu a tapé dans le mille en lui donnant un nom pareil (1). Volkovoï, il a l'œil du loup. Avec ça, sombre de poil, efflanqué, l'air mauvais et des ressorts dans les jarrets. Il vous bondit dessus, de derrière les baraques, en hurlant : « Qu'est-ce que vous foutez là ? » On n'en réchappe jamais. Dans les débuts, il portait encore un fouet, en cuir tressé, long d'un demi-bras. Au *BOUR,* qu'on raconte, il fouettait les gens avec. Ou, encore, à l'appel du soir, quand les *zeks* se massent devant la baraque, il se glissait par derrière et vous en envoyait une cinglée dans la nuque. « Pourquoi tu n'es pas dans le rang, ordure ? » qu'il demandait. Les autres s'écartaient, à croire des vagues. Et l'écopé s'épongeait le sang, en faisant attention à la boucler, bien content encore qu'on ne l'ait pas envoyé en cellule.

Maintenant, comme qui dirait, il ne se promène plus avec un fouet.

Par grand froid, pour les fouilles ordinaires, sinon le soir, au moins le matin, ils étaient plutôt coulants : le détenu devait déboutonner son caban et écarter les pans. On avançait par rangs de cinq. Il y avait autant de surveillants qui attendaient de pied ferme. Ils vous tâtaient les flancs dessus la veste, et puis tâtaient la seule poche autorisée, au genou droit. Eux-mêmes, ils n'enlevaient pas leurs gants, de sorte que, s'ils sentaient sous la main quelque chose de pas clair, comme ils avaient la flemme de se déganter, ils vous demandaient d'abord : « C'est quoi ? »

Le matin, qu'est-ce qu'on pourrait bien chercher sur un *zek ?* Des couteaux ? On ne les sort pas du camp : on les y amène. Le matin, il faut vérifier si un type

(1) Dérivé de « *volk* », le loup. (*N.d.T.)*

n'emporte pas deux ou trois kilos de nourriture, histoire de s'évader. A l'époque, le pain, les deux cents pauvres grammes du déjeuner, ça leur faisait tant peur qu'il y avait eu un ordre comme quoi chaque brigade devait se fabriquer une caisse en bois et, dans cette caisse en bois, emporter tout le pain de la brigade, sans laisser un morceau aux hommes. L'avantage qu'ils pouvaient y trouver [ces bandits], fallait même pas se le demander, sauf que c'était un moyen encore de tourmenter les gens en leur créant des soucis en plus : mordre un coin de sa miche, bien se rappeler l'entaille qu'on y a faite, déposer la miche dans la caisse, et, après, vu que, de toute façon, tous les morceaux se ressemblent puisque c'est du même pain, se faire un sang d'encre tout le temps de la marche, à se demander si on ne t'a pas échangé ton morceau, et puis se disputer avec les autres ensuite, et, des fois, jusqu'à la bagarre. Seulement, un jour, il y en a trois qui se sont évadés du chantier sur un camion, en emportant la caisse de pain. Là, les chefs ont fini tout de même par se rendre un petit peu compte. Le poste de garde a débité les caisses à la hache pour se faire du feu, et chacun a recommencé à porter sa miche sur soi.

Qu'est-ce qu'on pourrait bien vérifier aussi le matin? Si un *zek* n'a pas un costume civil sous ses effets? Mais les effets civils, voilà beau temps qu'on les a enlevés à tout le monde en expliquant qu'ils seraient rendus à l'expiration de la peine. Et une expiration de peine, dans ce camp, on n'a jamais vu ça encore.

Alors? Vérifier qu'on ne cache pas de lettres pour les faire passer par un type en liberté? S'il fallait chercher sur chaque détenu qu'il ne cache pas une lettre, on serait encore sur la place d'appel à une heure de l'après-midi.

Mais le Volkovoï avait donné ordre de chercher Dieu sait quoi. Les surveillants s'étaient dégantés en vitesse. Ils avaient fait ouvrir les vestes matelassées où on essaye de conserver la bonne chaleur de la baraque, déboutonner les chemises et ils tâtaient pour voir si quelqu'un ne portait point de linge pas prévu. Car le règlement prévoit seulement deux chemises, une de dessus une de dessous, et Volkovoï (c'est ce que les *zeks* faisaient passer d'un rang à l'autre) avait gueulé qu'on confisque tout ce qu'il y avait en trop. Les brigades de tête avaient eu du bonheur : même que certaines avaient déjà passé le portail. Mais les autres devaient se dépoitrailler, et ceux qui avaient du linge pas réglementaire, l'enlever sur place en plein froid.

Ça avait commencé et mis tout de suite la pagaille. Au portail, personne ne passait plus. Et le chef d'escorte gueulait depuis le poste de garde : « Pressez! Pressez! » Alors, pour la 104, Volkovoï rengaina sa colère. Par mesure de grâce, qu'il dit, on prendrait seulement les noms de ceux qui avaient du linge en trop. Le soir, il faudrait qu'ils le déposent au magasin, avec une note expliquant pourquoi et puis comment ils avaient dissimulé des effets de dessous.

Choukhov, tout ce qu'il a sur soi est réglementaire. A le tripoter, on trouvera seulement la poitrine, et l'âme dessous. Mais, pour César, le surveillant inscrit une flanelle et, pour Bouynovski, une espèce de gilet, genre chauffe-bedaine. Bouynovski, il est fort en gueule — une habitude qu'il a prise à commander des contre-torpilleurs, et puis il n'a même pas trois mois de camp — alors il pousse un coup de gueuloir :

— Vous n'avez pas le droit de faire déshabiller les hommes par vingt-sept degrés de froid! Vous ne connaissez pas l'article neuf du Code pénal (1)?

Le droit, ils l'ont. Et ton article, ils le connaissent. C'est toi, pauvre vieux, qui n'y connais encore rien.

(1) Aux termes de l'article 9 du Code pénal soviétique, aucune sanction ne doit entraîner de souffrances physiques ni attenter à la dignité humaine. (*N.d.T.*)

Il remet ça, le commandant :

— Vous n'êtes pas des Soviétiques (1) !

L'article neuf, Volkovoï l'avait digéré. Mais, là, la foudre noire lui tord le blair :

— Dix jours de dur !

Et, plus bas, à l'adjudant :

— Tu libelleras ce soir.

Le matin, ils n'aiment pas vous boucler au cachot : ça fait un absent au travail. On laisse le bonhomme marner toute la journée et, le soir, il couche au *BOUR*.

Le *BOUR*, il est à deux pas, à main gauche de la place d'appel : un bâtiment de pierre avec deux ailes. La deuxième, on a fini de la construire cet automne, parce qu'il n'y avait plus assez de place dans une seule. La prison est à dix-huit cellules, certaines cloisonnées dedans pour faire des cachots individuels. Dans tout ce camp en bois, il n'y a que la prison qui soit en pierre.

Maintenant que le froid s'est mis sous la chemise, il faut pas compter l'en faire sortir. Les *zeks*, ça leur aura servi à rien de tant s'emmitoufler. Comme s'il suffisait pas de cette courbature qui endolorit les reins à Choukhov. Ah, ce qu'il donnerait pas pour être couché, à cette heure, dans un lit d'hôpital, et dormir ! Dormir, et rien de plus, pourvu que la couverture pèse lourd.

Devant le portail, les *zeks* se reboutonnent et se reficellent. En tête, le chef d'escorte brame :

— Pressez ! Pressez !

Premier portail. Le chemin de ronde. Seconde porte. Près du poste de garde, des barrières à droite et à gauche.

— Halte ! aboie un gardien. Qui c'est qui m'a foutu ce troupeau de moutons ? Comptez-vous cinq.

Il faisait déjà moins nuit. Passé le poste de garde, un

(1) Dans l'édition de 1962, Bouynovski ajoutait : « *Vous n'êtes pas des communistes !* » (*N.d.T.*)

feu en plein air achevait de brûler. Avant le rassemblement, l'escorte allume toujours un feu : ça la réchauffe et puis, elle y voit plus clair pour compter.

Le gardien gueule comme s'il cognait :

— Rang... un ! Rang... deux ! Rang... trois !

Les rangs décollent par cinq et s'en vont bien détachés du reste, de sorte qu'on peut regarder de derrière comme de face, ça fait toujours pareil : cinq têtes, cinq dos et dix jambes.

Un deuxième gardien — le contrôleur — se tient à l'autre barrière et ne dit rien : il vérifie qui est là et regarde.

Ça, c'est pour le compte du camp.

Parce qu'un homme, c'est le bien le plus précieux. Des fois qu'il manquerait une tête de ce côté du barbelé, ils le payeraient, eux autres, avec la leur.

Cinq par cinq, toute la brigade s'est de nouveau rassemblée.

Maintenant c'est le sergent d'escorte qui compte :

— Rang... un ! Rang... deux ! Rang... trois !

Les rangs recommencent à décoller, par cinq, et s'en vont bien détachés du reste.

De l'autre côté, le sous-chef d'escorte vérifie.

Et puis le lieutenant.

Ça c'est pour le compte de l'escorte.

Et défense de se tromper : une tête de trop à la prise en charge, c'est la tienne, de tête, qui corrigera la différence.

Les hommes d'escorte — ça grouillait — s'étaient déployés en demi-cercle face à la colonne de la centrale, mitraillettes braquées en plein dans nos gueules. Il y en avait d'autres, avec des chiens gris, même qu'une de ces bêtes montrait les dents, avec un air de se ficher des *zeks*. L'escorte était en demi-pelisses, sauf six en touloupes. Les touloupes, ils se les repassent : c'est pour monter la garde sur les miradors.

Après, on désassemble les brigades, et le sergent d'escorte recompte toute la colonne, cinq par cinq.

— C'est toujours avant le lever du soleil, explique Bouynovski, qu'il fait le plus froid : le refroidissement nocturne atteint alors son point maximum.

Il adore expliquer, le commandant : quel quartier de la lune on a, si c'est le premier, ou le dernier. Il peut même vous le dire pour n'importe quel jour de n'importe quelle année.

Seulement, il fond à vue d'œil, le commandant : les joues flasques et un moral de fer...

Hors du camp, avec cette bise qui n'arrêtait pas, le froid vous mangeait la figure, et celle de Choukhov avait pourtant dégusté de tout. Ayant calculé que, sur le chemin de la centrale, on aurait tout le temps vent de face, il décida de mettre son masque. C'était un chiffon avec deux cordons, pour se protéger de la bise. La plupart des *zeks* en avaient : c'était prouvé que ça servait. Choukhov s'en musela jusqu'aux yeux, noua les cordons derrière les oreilles, descendit le couvre-nuque du bonnet, releva le col du caban, rabattit sa visière, et on ne lui vit plus que les yeux. Comme il avait serré à bloc la ficelle sur le caban, l'équipement était convenable, à part les mitaines qui ne valaient rien : Choukhov avait déjà l'onglée. Il se frotta les mains et les claqua l'une à l'autre : d'ici peu, il allait falloir se les mettre derrière le dos et les garder comme ça tout le temps de la marche.

Le chef d'escorte avait commencé à réciter ce que les *zeks,* qui en avaient marre, appelaient la prière du matin :

— Détenus, attention! En cours d'acheminement, observez rigoureusement les consignes de la marche en colonne. Défense d'allonger les files ou de les raccourcir. Défense de passer d'un rang de cinq à un autre. Défense de parler. Défense de regarder de côté. Et gardez toujours les mains derrière le dos. Débloquer d'un seul pas sur la droite ou sur la gauche étant considéré comme tentative d'évasion, la garde ouvrira le feu sans avertissement. Tête de colonne, en avant... marche!

Les deux convoyeurs de tête avaient dû faire « en avant... marche! », car la colonne s'ébranla, en ondulant des épaules, avec les flanc-gardes à droite et à gauche, à vingt pas de la colonne, et à dix l'un derrière l'autre, mitraillette braquée.

Comme il n'en était pas tombé depuis une semaine, la neige sur la route était tassée, battue comme pierre et, quand on eut dépassé l'angle du camp, le vent se mit à cingler de biais les figures. Les mains derrière le dos, têtes basses, elle avait l'air d'un enterrement, la colonne. On voyait juste les jambes des deux ou trois qui marchaient devant et le coin de neige où on allait poser les pieds. De temps en temps, d'abord, il y avait un garde qui criait : « *U-48*, les mains derrière le dos! », ou bien : « *B-50,* allongez le pas! » Mais, après, ça gueulait moins : le vent les cinglait aussi, ça les gênait pour regarder, et puis, chez eux, ça ne se fait pas de se nouer un chiffon sur la figure. C'est pas non plus tout joie, leur service.

En colonne, quand le temps s'adoucit, on a beau se faire aboyer après, tout le monde cause. Mais, ce matin-là, on se mussait, tête basse, derrière le dos d'en face, chacun rentré dans son pensoir.

Or, même pour penser, ça n'est jamais libre, un prisonnier. On retourne toujours au même point, en n'arrêtant pas de retourner les mêmes idées. Est-ce qu'ils ne vont pas retrouver la miche en fourgonnant dans la paillasse? Ce soir, est-ce que le docteur voudra bien vous exempter de travail? Le commandant, il couchera au mitard ou pas? Et comment il a pu s'arranger, César, pour se faire donner des affaires chaudes? Sûr qu'il aura graissé la patte au magasinier des effets personnels, autrement...

Ayant déjeuné froid et sans pain, Choukhov était resté sur sa faim. Histoire que l'estomac ne tiraille pas trop et lui corne moins aux oreilles, il essaya de ne plus penser au camp, mais à la lettre qu'il allait, d'ici peu, écrire chez soi.

La colonne dépassa la charpenterie qu'avaient bâtie les *zeks*, dépassa les maisons d'habitation (des baraques assemblées aussi par les *zeks*, mais pour loger de l'homme libre), dépassa le nouveau club (encore les *zeks* qui y avaient tout fait, des fondations aux peintures; mais c'est les hommes libres qui y allaient regarder le cinéma), et déboucha dans la steppe, avec la bise droit devant, un lever de soleil rouge droit devant, de la neige toute nue blanche à perte de vue, sur votre droite comme sur votre gauche, et pas un arbre, un seul, dans toute cette steppe.

Une autre année commençait, l'an 51, où Choukhov aurait droit à deux lettres. La dernière, il l'avait envoyée en juillet pour recevoir la réponse en octobre. A Oust-Ijma, ils avaient un autre règlement : si le cœur vous en disait, rien n'empêchait d'écrire chaque mois. Mais qu'est-ce qu'on peut écrire dans une lettre? De sorte que Choukhov, là-bas, n'écrivait pas plus souvent qu'à présent.

De chez soi, Choukhov était parti le 23 juin de l'an 41. Le dimanche, après déjeuner, il était venu des gens depuis Polomnia, qui avaient dit que c'est la guerre. A Polomnia, ils l'avaient su par la Poste, mais, à Tiemguéniovo, personne n'avait la radio, avant guerre, alors qu'à cette heure ils écrivent que chaque isba a la sienne, de la radio à fil (1), qui baratine.

Écrire, au jour d'aujourd'hui, c'est pareil que lancer

(1) Il s'agit des haut-parleurs, branchés par une prise de courant *ad hoc* sur Radio-Moscou. (*N.d.T.*)

des cailloux dans un trou d'eau de vingt mètres : touché ou pas, il ne fait pas de ronds. Vous n'allez tout de même pas écrire ce que c'est que votre brigade ou qui c'est qu'André Procofiévitch Turine, votre brigadier? A l'heure qu'il est, on trouve plus à causer avec Kildigs (1) le Letton qu'avec sa famille.

Elle aussi, c'est deux fois l'an qu'elle écrit; sauf qu'on ne comprend rien à leur vie. Le kolkhoze a un nouveau président, mais c'est pareil chaque année [vu qu'ils ne tiennent pas plus d'un an]. On lui a rajouté des terres, mais, avant aussi, on lui en avait rajouté pour lui en enlever après. Un tel, qui n'avait pas fait sa norme, on lui a rogné de moitié son potager personnel, et, à d'autres, on le leur a rogné à ras de la maison. [Même qu'une fois, elle lui a écrit, sa femme, qu'il y avait eu une loi, rapport à cette norme, pour envoyer les gens au tribunal, et que ceux qui n'arrivaient pas à bout de leur tâche, on les mettrait en prison. Mais la loi, comme qui dirait, elle avait fait long feu.]

Ce qu'il n'arrive pas à saisir, Choukhov, dans ce que lui écrit sa femme, c'est que le kolkhoze, depuis la guerre, n'ait pas augmenté d'âme qui vive : garçons comme filles s'arrangent chacun à sa manière, mais tous pour s'en aller jusqu'au dernier, que ce soit à la ville, en usine, ou bien aux tourbières. Les hommes qui étaient au front, la moitié n'en est pas revenue — et ceux qui ont réchappé ne veulent plus entendre parler du kolkhoze : ils vivent chez soi et travaillent dehors. En fait d'hommes, il ne reste plus que le brigadier Zakhar Vassilytch et Tikhon le charpentier, lequel va sur ses quatre-vingt-cinq ans, vient de se marier, et a déjà des gosses. Le kolkhoze, ce sont les femmes qui le font marcher, les mêmes qu'en 1930, [et le jour qu'elles crèveront à la tâche, le kolkhoze crèvera aussi].

(1) Éd. de 1962 : partout *Kilgas*. (*N.d.T.*)

Voilà justement la chose que Choukhov n'arrive pas du tout à saisir : qu'on vive chez soi et qu'on travaille dehors. Choukhov, il a vu l'époque où on est devenu kolkhozien. Il n'a jamais vu que le moujik ne travaille pas dans son village. Ça serait-il qu'on gagne sa vie avec des à-côté? Mais alors, comment ils s'arrangent pour les foins?

Les à-côté, qu'elle lui avait répondu, sa femme, on n'en trouve plus depuis beau temps. Ni dans la charpente qui, pourtant, du côté de par là, les avait bien réputés, ni dans le tressage de l'osier, vu que les paniers n'intéressent plus personne. Pour le gagne-pain, on avait trouvé du neuf, du gai : peindre sur tapis. Quelqu'un avait rapporté du front des trucs appelés pochoirs et, depuis, ça marchait si bien, ce métier, que les couleuriers grouillaient au pays, inscrits nulle part et ne travaillant à rien d'autre, mais, un mois par an, donnant un coup de main au kolkhoze, justement pour la fauchaison et la moisson, moyennant quoi, pour les onze autres mois, le kolkhoze leur remettait un certificat comme quoi le kolkhozien Un tel, s'étant acquitté de ses obligations, était mis en congé pour raisons personnelles. Ce qui permettait de voyager partout, et même en avion, vu que le temps est précieux, histoire de peinturlurer des tapis qui vous faisaient ramasser de l'argent à la pelle, cinquante roubles le tapis, c'est-à-dire un vieux drap de lit, donné parce qu'il n'était plus à plaindre, sur quoi on mettait de la couleur, travail qui vous prenait bien une heure au plus. Elle espérait beaucoup, la femme de Choukhov, qu'à son retour il [ne remettrait plus les pieds au kolkhoze et] deviendrait aussi couleurier. Ça les tirerait de la misère où elle se faisait bien du mauvais sang. Ils donneraient les enfants à l'école technique, et, à la place de leur vieille isba toute pourrie, s'en bâtiraient une neuve. Car tous les couleuriers s'en bâtissaient, de sorte qu'à présent, près du chemin de fer, les maisons, au lieu de coûter cinq mille roubles, comme avant, étaient montées à vingt-cinq mille.

[Il avait encore pas mal de temps à tirer, Choukhov : un hiver, un été, et puis un autre hiver avec un autre été. Ça l'avait pourtant tout retourné, cette histoire de tapis : le genre de travail qu'il lui faudrait en cas de privation des droits civils, ou bien de relégation.]

Du coup, il avait demandé à sa femme de lui expliquer comment il pourrait bien devenir couleurier, n'ayant jamais su dessiner, ce que c'était que ces merveilleux tapis, et ce qu'il y avait dessus. A quoi, elle avait répondu qu'il faudrait être plus bête que tout pour ne pas savoir y peindre, vu qu'il suffisait de placer le pochoir en coloriant au pinceau au travers des trous, et que les tapis étaient de trois sortes : *la Troïka,* avec un officier de hussards en troïka joliment attelée; *le Cerf;* et puis un troisième, genre tapis de Perse. On n'avait pas d'autres dessins mais, pour ces trois-là, les gens, partout, vous disaient bien merci, même qu'ils se les arrachaient, vu qu'un vrai tapis, ça n'est point cinquante roubles qu'il coûte, mais des milliers.

Ce qu'il voudrait, Choukhov, voir ces tapis-là, juste le temps d'un clin d'œil...

Dans les camps et dans les prisons, Ivan Denissovitch s'était déshabitué de prévoir : pour aujourd'hui comme pour dans un an, et comme aussi pour faire vivre les siens. Les chefs s'en occupent à votre place; autant de soucis en moins.

[Mais quand on se retrouvera en liberté?... En causant avec ceux qui s'y trouvent — des chauffeurs de camions ou des mécaniciens d'excavatrices —, Choukhov s'est rendu compte. Le droit chemin, on l'a barré aux gens, mais ils ne perdent pas le nord : ils contournent la barrière, et ça leur permet de vivre. Et s'il la contournait, lui aussi, Choukhov?] Voilà du gagne-pain facile, en somme, en deux temps trois mouvements. Ça serait comme qui dirait vexant d'avoir l'air vieux jeu à côté des gens du pays. Mais, au fond du cœur, il préférerait ne pas se mettre à ce métier-là, Ivan Denissovitch. Ça demande du sans-gêne, qu'on ne rougisse de rien, qu'on graisse la patte [aux chefs, à la Milice]. Et Choukhov, depuis quarante ans qu'il foule cette terre, avec la moitié de ses dents parties et les cheveux qui tombent, jamais il ne l'a graissée, à personne, jamais il ne se l'est laissé graisser et, même au camp, il n'a appris jamais.

Argent gagné sans peine n'est pas de bon aloi, et vous ne sentez pas que vous l'avez gagné. C'est vrai, ce qu'ils disent, les vieux : hardes trop peu payées ne font jamais d'usage. Choukhov, qui sait travailler de ses mains et qui les a encore solides, c'est-il possible qu'en liberté il ne se trouve point travail honnête?

Mais est-ce qu'on la lui rendra, la liberté? Est-ce qu'on ne va point, pour diantre sait quoi, lui flanquer dessus encore dix ans de rallonge?...

Pendant ce temps-là, la colonne était arrivée, et elle avait fait halte devant le poste de garde. Il en tenait de la place, le chantier! Avant la halte, d'ailleurs, sitôt qu'on avait atteint le coin de l'enceinte, deux des types en touloupe s'étaient détachés de l'escorte, et ils avançaient dans la nature, histoire de rejoindre les miradors à l'autre bout : tant qu'il n'y a pas de sentinelles sur tous les miradors, on ne laisse pas entrer. Le chef d'escorte remit sa mitraillette à la bretelle et alla voir au poste de garde. Qu'est-ce qu'elle ne crachait pas comme fumée, la cheminée du poste! A cause qu'il y a un gardien, un homme libre, qui reste là toute la nuit, crainte qu'on vole des planches ou du ciment.

Au ras des barbelés de l'entrée, passé le chantier, derrière les barbelés de l'autre bout, un gros soleil rouge se levait dans une espèce de brouillard. A côté, Aliocha regardait ce soleil, l'air bien content, même qu'il souriait. A quoi? Il n'a presque plus de joues pourtant, Aliocha, juste sa ration pour vivre, et pas d'à-côté qui lui rapporte. Ses dimanches, il les passe à bambonner avec ses copains baptistes. Le camp, vous jureriez que ça leur glisse dessus. [On leur a pourtant collé vingt-cinq ans par tête pour religion baptiste. Comme si on se figurait que ça les en ferait changer!]

Choukhov, sa muselière en chiffon avait été toute mouillée en route par son haleine, de sorte qu'avec le froid c'était devenu par endroit de l'écorce gelée. Il se la descendit sur le cou et mit le dos au vent. Il n'avait pas vraiment froid, sauf aux mains, gelées à cause des mitaines trop minces, et puis aux doigts du pied gauche, complètement gourds vu que la botte qu'il portait là, le feutre avait un peu brûlé au séchage et, deux fois déjà, il y avait cousu une pièce.

Mais, avec les reins et le dos qui le tiraillaient jusqu'à l'épaule, comment c'est qu'il allait travailler?

En tournant la tête, il se trouva nez à nez avec son brigadier qui marchait dans le rang d'après. Il a belle carrure, le brigadier, la figure aussi bien carrée, et l'air pas aimable. Pour la rigolade, il ne vous gâte pas, mais question nourriture on n'a rien à redire, toujours la grosse ration. A cause qu'il redouble sa peine, c'est un vrai enfant du Goulag. Et il connaît les usages des camps comme pas un.

Au camp, tout dépend de votre brigadier. Un bon, vous lui devrez la vie une seconde fois, mais un mauvais vous mettra vite en terre. Choukhov connaissait Turine du temps d'Oust-Ijma, sauf qu'ils n'étaient pas dans la même brigade. Et lorsque, d'Oust-Ijma, où on était au régime commun, tous les articles 58 (1), furent expédiés

(1) L'article de l'ancien Code pénal punissant l'ensemble des crimes politiques : trahison, espionnage, sabotage économique, etc. (*N.d.T.*)

ici, qui était régime de bagne (1), ce coup-là, Turine le prit chez soi. Le commandant du camp, la *PPT*, les entrepreneurs, les ingénieurs, Choukhov n'a jamais affaire à eux : partout, c'est le brigadier qui vous protège. Il a le coffre que ça demande : en acier. Mais il faut lui obéir au doigt, à l'œil et à toutes jambes. Au camp, pigeonnez qui vous chante, mais n'essayez jamais de carotter André Procofiévitch. C'est le seul moyen de réchapper.

Choukhov aimerait bien savoir si on va travailler à la même chose que la veille ou passer à une autre. Mais il a peur de déranger le brigadier dans ses pensées. Maintenant qu'il n'a plus leur Cité du Socialisme en travers du gosier, Turine doit se préoccuper de nos tant-pour-cent : le manger des cinq jours à venir en dépend.

Le brigadier a les joues comme une passoire : c'est d'avoir eu la petite vérole. A contre-vent, sa figure ne fait pas un pli, à force qu'il en ait la peau tannée.

Ça souffle pourtant : un vent tout ce qui se fait de mauvais. Sur les rangs, tout le monde se tape dans les mains et bat du pied. On dirait que les six miradors ont leur perchée de perroquets à présent. Pourquoi ils ne laissent pas entrer, alors ? Pour la vigilance, ceux-là, ils en remettent.

Tout de même ! Le chef de convoi et le contrôleur, ressortis du poste de garde, se sont mis des deux côtés de la porte, et ils ouvrent les battants.

— Comptez-vous cinq ! Rang... un ! Rang... deux !

Les *zeks* démarrent comme à la revue. Pour un peu, ils défileraient au pas cadencé. Le tout, c'est d'entrer vite. Une fois dans l'enceinte, pas la peine de leur apprendre quoi faire.

De suite après le poste de garde, il y a l'isba des

(1) Le bagne, supprimé en 1917, avait été rétabli en 1943 et remplacé en 1948 par les camps spéciaux du type de celui où se passe l'action. (*N.d.T.*)

bureaux, et, devant l'isba des bureaux, l'entrepreneur qui rassemble les brigadiers. Mais il n'a pas besoin de les appeler : ils viennent tout seuls, et Der avec. C'est le contremaître, un détenu, un beau malpropre, et pire qu'un chien avec les autres *zeks*.

A huit heures pile, il y a eu le coup de sirène du train-génératrice. Il n'est donc pas plus de huit heures cinq. L'administration a bien trop peur que les *zeks* gaspillent leur temps et qu'on les retrouve, après, dans tous les coins où ils se peuvent mettre au chaud. Mais un *zek*, ça a devant soi sa journée, qui est longue, et du temps pour tout. Sitôt dans l'enceinte, on se baisse pour regarder. Un copeau par-ci, un autre par-là, autant de ramassé pour le feu de notre poêle. Et que, vite, je me rencoigne dans chaque trou de souris.

Turine dit à Pavlo, son adjoint, d'entrer avec lui au bureau. Et César, aussi, y entre. César, c'est un riche : il reçoit des colis deux fois le mois, graisse la patte à tout le monde dont il a besoin et s'est trouvé une débrouille au bureau, comme aide-tarificateur.

Le reste de la brigade 104 se débande. Et que je te cavale ! Et que je te me carapate !

Un soleil tout rouge, brouillardeux, se lève sur le chantier : une manière de terrain vague, avec des panneaux pour maisons préfabriquées tout couverts de neige, des commencements de maçonnerie qu'on a laissé tomber juste après avoir fini les fondations, une manivelle cassée à un endroit, à un autre la pelle de la même excavatrice, plus loin de la ferraille, des fossés, des tranchées, des caniveaux en pagaille, des ateliers pour réparer les camions (il ne faut plus que poser les fermes) et puis, sur une petite hauteur, la centrale électrique, arrivée au début de son premier étage.

A part les sentinelles, chacune sur un des six miradors, et la petite cohue devant les bureaux, tout le monde s'est planqué. Ça c'est notre heure, à nous autres. Le chef entrepreneur, qu'on raconte, il a eu beau menacer qu'il distribuerait le travail entre les brigades à chaque veille au soir, jamais il n'y a eu moyen, vu que, du soir au matin, ils changent leurs idées, eux autres, cul par-dessus la tête.

De sorte que, ce moment-là, c'est à nous. D'ici que les chefs s'y retrouvent, on peut toujours s'acagnarder là où il fait moins froid, s'asseoir et s'asseyer : pour les tours de reins, on aura le temps. Tant mieux, si c'est près d'un poêle : on déroule ses *portianki,* histoire de les chauffer un brin, et alors, toute la journée, on garde les pieds chauds. Mais, même sans poêle, c'est bien aussi.

La 104 pénétra dans la grande salle des ateliers de réparation, vitrée depuis l'automne et où la brigade 38 coulait des dalles de béton, de sorte qu'il y en avait encore dans leurs moules, d'autres rangées debout et, ailleurs, rien que du lattis d'armature. Vu que c'était haut et que, sous les pieds, on n'avait que de la terre, question chaleur, ça ne serait jamais chaud. Pourtant on chauffait. Même qu'on ne plaignait pas le charbon : pas pour les gens, mais pour que le béton prenne plus vite. Même qu'on avait installé un thermomètre. Et même que, les dimanches, si, par chance, les détenus ne venaient pas bosser, il y avait un homme libre pour entretenir le feu.

La 38, bien sûr, ne laissait personne approcher de son poêle. Elle s'était collée autour, qu'on aurait cru des mouches, et y faisait sécher ses *portianki.* Rien à dire : nous autres, dans notre coin, on n'était pas mal non plus.

Choukhov casa le derrière de sa culotte ouatée (Dieu sait où il ne l'avait pas assise!) à l'angle d'un moule de bois et s'appuya au mur. En cambrant le dos, ce qui lui tendait le caban et la veste sur la poitrine, il sentit, au côté gauche, près du cœur, quelque chose de dur qui le gênait. Ça venait, ce quelque chose de dur, de la poche intérieure, et c'était le coin de sa miche, la moitié de la ration du matin, qu'il avait emportée pour le déjeuner. Au travail, il en emportait toujours la même quantité, et il la respectait jusqu'au repas. Seulement, l'autre moitié, il la mangeait toujours au petit déjeuner, et, ce matin-là, il se l'était économisée. A présent, il se rendait compte : il n'avait rien économisé du tout. Et ça lui tiraillait drôlement l'estomac, l'idée de mordre là-dedans, bien au chaud. Cinq heures à attendre jusqu'au déjeuner, c'est long.

Surtout que le mal qu'il avait dans le dos était maintenant descendu dans les jambes, et il se les sentait d'un mou... Si seulement il avait pu trouver place près du poêle.

Il enleva ses mitaines, les posa sur ses genoux, se déboutonna, dénoua les cordons de sa muselière de route, la plia en huit et la rempocha. Ensuite, il prit le chiffon blanc où il avait son pain, maintint le chiffon sous le revers de sa veste, pour que pas une miette ne tombe, et entreprit de mordiller dans la miche, à petits coups de dents, en mâchant bien. Le pain, comme il le portait sous deux épaisseurs de vêtements et que sa chaleur à lui le gardait tiède, il n'avait pas gelé, même pas du tout.

Dans les camps, que de fois Choukhov s'était rappelé comme on mangeait, dans le temps, à la campagne : des pommes de terre à pleines poêles, la kacha à même la marmite, et, encore plus avant, [avant les kolkhozes] de la viande, par tranches entières, et quelles tranches, sans compter le lait, qu'on lampait à s'en faire péter les boyaux du ventre. Or, dans les camps, Choukhov avait compris que c'était mal agir. On aurait dû manger en y pensant, en pensant seulement à ce qu'on mangeait, comme il faisait, en détachant de tous petits morceaux avec ses dents, en se les promenant sous la langue, et en les suçant avec le dedans des joues, de sorte qu'on ne perde rien de ce bon pain noir humide et qui sentait si bon. Parce que Choukhov, de quoi il s'est nourri, pendant huit ans, que voilà même la neuvième année qui commence? Autant dire de rien. Et, pendant tout ce temps-là, qu'est-ce qu'il n'a pas trimé!

Choukhov s'occupa donc de ses deux cents grammes, pendant qu'à côté de lui, dans le même coin, le reste de la brigade 104 prenait son repos.

Assis très bas sur une dalle de béton, deux Estoniens, qu'on aurait dit deux frères, tiraient, chacun son tour, une bouffée de la même demi-cigarette et au même fume-cigarette. Ces deux Estoniens-là étaient de teint clair, grands tous les deux, maigres tous deux, avec, tous les deux, de grands nez, de grands yeux et une façon de rester toujours ensemble, à croire que l'air du ciel aurait manqué à celui qui se serait trouvé sans l'autre. Le brigadier, aussi, ne les séparait jamais. Du reste, ils partageaient leur manger et, dans la baraque, le haut de la même *wagonka*. Sur les rangs, en colonne ou, quand ils attendaient l'appel, ou le soir encore, en se couchant, ils causaient toujours entre soi, jamais bien haut, jamais pressés. Or ça n'était pas du tout des frères, puisqu'ils avaient fait connaissance à la 104. A ce qu'on disait, un des deux avait été pêcheur au bord de la mer, et l'autre, quand les soviets sont arrivés là-bas, ses parents l'avaient emmené en Suède, tout petit encore. Il y avait grandi. Un beau jour, il s'était mis dans la tête de revenir en Estonie, pour finir ses études à un institut. [Et là, on l'avait coffré de suite.]

Il y en a qui vous racontent que la nationalité, ça ne veut rien dire, vu que, vous trouverez des malpropres dans toutes les nations. Eh bien, les Estoniens, tous tant qu'il en avait vus, jamais, chez eux, Choukhov n'était tombé sur de mauvaises gens.

Toute la brigade prenait son repos : qui sur des dalles, qui sur du lattis pour les dalles, et les autres par terre. Le matin, on a la langue trop gourde pour causer, de sorte que tout un chacun se taisait en ruminant ses idées. Fétioukov-le-Chacal avait glanoté des bouts de mégots (ce pas-dégoûté en aurait repêché dans du jus de crachoir) et il les défaisait sur ses genoux pour avoir le tabac qui restait et se rouler une cigarette avec. En liberté, il était père de trois enfants, Fétioukov. Mais ils l'ont tous renoncé après qu'on l'a eu arrêté. Sa femme s'est mariée à un autre. Il n'a rien à espérer de personne.

Depuis un bon moment, Bouynovski le regardait de coin. Finalement, il y a été de son coup de gueule :

— Tu n'as pas honte de ramasser toutes ces saletés? Tu seras content, le jour que tu auras un beau chancre syphilitique à la lèvre. Jette-moi ça!

Le commandant, vu qu'il a été capitaine de frégate, ça l'a habitué à commander, et il cause avec les gens comme s'il commandait encore.

Seulement Fétioukov, il ne dépend pas de Bouynovski, puisque le commandant ne reçoit pas non plus de colis, et il a fendu sa gueule brèche-dents d'un très vilain sourire :

— Minute, frégaton : quand tu seras ici depuis huit ans, tu les ramasseras aussi, les mégots.

C'est vrai : au camp, on en a vu d'encore plus fiers, à l'arrivée (1)...

— Quoi? Comment?

C'est Senka Klevchine. Étant sourd, il n'a pas entendu, et il se figurait qu'on causait du malheur arrivé à Bouynovski pendant la fouille du matin. Il a secoué la tête avec un air bien chagrin :

— Il ne fallait pas regimber : tu n'aurais pas eu d'histoires.

Senka Klevchine, il est bien tranquille, le pauvre.

(1) Dans l'édition de 1962, c'est Fétioukov qui disait : « *Au camp, on en a vu d'encore plus fiers, à l'arrivée.* » Et Choukhov commentait : « *Il juge d'après soi, Fétioukov. Peut-être que le commandant tiendra.* »

L'oreille, il l'a eue crevée en 41. Après, il a été fait prisonnier, il s'est évadé (trois fois), on l'a rattrapé, et on l'a mis à Buchenwald. A Buchenwald, il est passé à un cheveu d'y passer : un miracle, qu'il en soit revenu. A présent, il tire sa peine sans se plaindre jamais.

— Si tu regimbes, tu es fichu, qu'il répète.

C'est bien vrai : grogne et plie. Mais ne te rebiffe pas : on te casserait les reins.

Aliocha, lui, ne cause pas : il s'est mis la tête dans les mains et dit ses prières.

Choukhov avait rongé sa miche jusqu'aux doigts, mais en prenant soin de laisser un morceau de croûte, le demi-rond de la croûte d'en haut, parce qu'il n'y a pas cuiller au monde qui vaille un bout de pain pour vous nettoyer proprement une écuelle de kacha. Il remit donc le morceau de croûte dans le chiffon blanc, l'y enveloppa, le replaça dans la poche intérieure de sa veste (où il resterait jusqu'au déjeuner), se reboutonna pour n'avoir point froid dehors et attendit, fin prêt, qu'on l'envoie au travail. Quoique, bien sûr, ç'aurait été encore mieux s'ils avaient tardé encore.

La brigade 38 se leva, et chacun s'en alla de son côté, les uns à la bétonneuse, d'autres chercher de l'eau et d'autres quérir des armatures.

Turine et son adjoint Pavlo n'étaient pas revenus. Ça faisait une vingtaine de minutes, tout au plus, que la 104 se reposait, et la journée de travail, pourtant raccourcie à cause de l'hiver, les mènerait jusqu'à 6 heures. Mais ils avaient tous l'impression d'une chance inouïe, comme si le soir, c'était pour bientôt, à présent.

— Ça fait longtemps qu'on n'a pas eu de bourane, soupira Kildigs le Letton, un costaud bien sanguin de figure. Pas un bourane de tout l'hiver, ça s'est jamais vu.

— Ah, oui!... Un bourane... Un beau bourane... soupira la brigade.

Dans ces endroits, quand le bourane se met à souffler

à la mode du pays, c'est pas seulement qu'ils ne vous envoient pas au travail : ils ont même peur de vous sortir de la baraque. Parce que, de la baraque au réfectoire, si on ne tend pas une corde, vous ne retrouverez pas le chemin. Le détenu qui tombe gelé dans la neige, faut plus compter le revoir vivant. Et puis, des fois qu'un bonhomme s'évaderait? Parce qu'il y a eu des cas. La neige de bourane, c'est fin comme poussière, mais ça donne des congères qu'on croirait tassées à la presse, et, à cause de ces congères qui enterrent complètement les barbelés, des types sont partis. Pas loin, bien sûr.

Le bourane, à bien se raisonner, ça ne rapporte rien. Les *zeks* restent dans leurs baraques, bouclés au cadenas. Comme le charbon n'arrive pas, toute la chaleur s'en va. La farine n'arrive pas non plus, de sorte que le pain manque. A la cuisine, ils n'arrivent pas à faire la soupe. Sans compter que le temps que ça souffle, le bourane, que ça soit trente-six heures ou une semaine, on te les compte comme jours de repos, et ça fait autant de dimanches à la suite qu'on t'expédie au travail.

Ça n'empêche : les *zeks* adorent le bourane et prient le bon Dieu pour qu'il en donne. Aussitôt que le vent tourne un peu à plus fort, ils sont tous à regarder le ciel, en se demandant : « Ça va faire de la mousseline? Ça va-t-il faire de la mousseline? »

De la neige de bourane, qu'ils veulent dire.

Parce que la neige rasante, ça n'annonce jamais du bourane qui vaille qu'on en cause.

Quelqu'un s'était faufilé jusqu'au poêle de la 38. On le vida. C'est à ce moment-là que Turine entra. A la sale tête qu'il faisait, toute la 104 se rendit compte : du boulot, à abattre en vitesse. Il regarda son monde :

— La 104, manque personne?

Sans seulement vérifier, sans seulement faire le compte, parce que, chez lui, personne ne se débine, il distribua rapidement les tâches. Les deux Estoniens, avec Klevchine et puis Hoptchik, il les envoya chercher la grande auge à mortier, qui n'était pas loin, et leur dit de la porter à la centrale. Ce qui rendait pour chacun la chose claire, à savoir que la brigade était mise au maçonnage du bâtiment de la centrale qu'on avait laissé en chantier depuis la fin de l'automne. Il envoya encore deux autres prendre les outils que Pavlo réceptionnait au magasin. Quatre balayeraient la neige, d'abord devant la centrale, ensuite à l'entrée de la salle des machines, et puis au-dedans de la salle des machines et, encore, sur l'échafaudage. A deux autres, il dit d'aller allumer le poêle de la salle (donc marauder du charbon et des planches qu'on débiterait à la hache). Un devait ramener le ciment sur un traîneau, deux de l'eau, et deux du sable, avec encore un qui déblayerait la neige du tas de sable et le casserait au pic.

Après tout cela, Choukhov et Kildigs, les deux meilleurs ouvriers, étant restés sans occupation, le brigadier leur parla :

— Voici donc la chose, mes petits... (Ça n'était pas qu'il fût plus vieux, mais il avait cette habitude de dire toujours : « mes petits ».) Après déjeuner, vous poserez les briques du premier, manière de monter le mur que la brigade 6 avait commencé cet automne. Pour le présent, il va falloir calfeutrer la salle des machines. Les trois grandes fenêtres, la première chose c'est de les boucher. Je vous donnerai du monde mais, pour ce qui servira à boucher, c'est à vous de penser. Elle va nous être, cette salle, gâchoir et abri. Si on ne la calfeutre point, nous allons geler comme chiens. Compris?

Peut-être bien qu'il nous aurait expliqué encore des choses, mais Hoptchik — un drôle dans les seize ans, rose comme cochon de lait — vint le trouver, tout courant, parce qu'il avait à se plaindre : l'autre brigade ne voulait rien savoir pour donner l'auge à gâcher, même qu'on se bagarrait déjà, de sorte que Turine dut cavaler.

Ça paraît dur de commencer une journée de travail par un froid pareil. Mais il n'y a que le début qui coûte. Le tout, c'est de l'enjamber.

Choukhov et Kildigs se regardèrent. Ce n'était pas la première fois qu'ils besognaient ensemble, et ils se respectaient bien, pour ce qu'ils étaient, l'un comme l'autre, et maçons et charpentiers. Or, dans cette neige nue comme la main, trouver de quoi boucher les fenêtres, c'était pas commode. Mais Kildings avait de l'idée :

— Vania (1), qu'il dit, du côté des maisons préfabriquées, je connais un coin où il y a un vache rouleau de carton goudronné. C'est moi qui l'ai planqué. On se manie?

Kildigs, quoique Letton, cause le russe comme un Russe : du côté de chez lui, il y avait un village de Vieux-Croyants, de sorte que, tout petit, il a appris. Ça fait seulement deux ans qu'il est dans les camps, mais il a bien saisi le système : à la foire d'empoigne, les manchots sont capots. Comme il s'appelle Jan, Choukhov aussi l'appelle Vania.

Avant, toutefois, d'aller, comme décidé, quérir le rouleau de carton ensemble, Choukhov fit un saut jusqu'à l'autre bâtiment en construction, celui des ateliers, pour y reprendre sa truelle. La truelle, pour un maçon, c'est chose de conséquence qu'elle soit légère et qu'on l'ait bien en main. Seulement, sur chaque chantier, il y a un règlement comme quoi les outils touchés le matin, il faut les rendre tous le soir, de sorte que l'outil sur lequel on tombera le lendemain, c'est question de chance. Aussi Choukhov, un jour qu'il avait réussi à bien carotter l'outilleur, s'était mis de côté la meilleure

(1) Diminutif d'Ivan (*N.d.T.*)

truelle que, depuis, il planquait chaque soir, pour, chaque matin, la reprendre, quand il avait à poser des briques. Comme de juste, il serait resté sans truelle, Choukhov, si la brigade avait été construire la Cité du Socialisme. En attendant, il n'eut qu'à déplacer une pierre et à glisser les doigts dans la fente. La truelle était là. Il la prit.

Après quoi, lui et Kildigs, ressortis des ateliers, s'en allèrent du côté des maisons préfabriquées.

Ils faisaient, en respirant, une vapeur épaisse, et le soleil, qui avait pris de la hauteur mais sans donner de rayons, comme les jours de brume, avait des jambes qui lui sortaient des flancs, même plutôt des poteaux.

— C'est-il qu'on lui aurait planté des piquets? fit Choukhov.

Kildigs rigola :

— Les piquets, ça ne dérange pas, pourvu que les autres n'y accrochent pas des barbelés.

Ce Kildigs, il trouve toujours le mot pour rire. Ce qui fait qu'on l'aime bien, à la brigade. Et les autres Lettons du camp, faut voir comme ils le respectent. C'est vrai que lui se nourrit normalement : deux colis par mois. Et avec ça, un teint à croire qu'il n'a jamais été dans un camp. Ça permet de prendre les choses par le bon côté.

Il est de taille leur chantier, et ça fait une trotte, d'ici qu'on l'ait traversé tout. En route, ils rencontrèrent des gars de la brigade 82. On leur faisait encore creuser des trous. Des trous pas bien grands : cinquante centimètres sur cinquante et autant de profondeur. Mais la terre, là, même l'été, c'est comme de la pierre. Alors, prise par ce froid, on pouvait toujours essayer de l'attaquer. Eux, ils creusaient à la pioche. Le fer glissait. Il arrachait bien des étincelles, mais pas une miette de terrain. Les pauvres types restaient là, chacun devant son trou, à regarder : rien pour s'abriter, et défense de quitter son poste. Alors ils empoignaient leur outil : tout de même, ça réchauffe.

Ayant aperçu, parmi eux, quelqu'un de connaissance, qui venait de Viatka, Choukhov y alla de son conseil :

— Dites voir, vous autres, croqueurs de terre, vous auriez dû allumer un petit feu sur chaque trou. Ça aurait amolli.

Le gars de Viatka soupira :

— Ils permettent pas : on nous refuse le bois.

— Fallait en trouver.

Kildigs s'en fichait :

— Voyons, Vania, qu'il fit, si l'administration avait deux sous de cervelle, tu te figures qu'elle obligerait ces types à piocher par un froid de loup?

Et là-dessus, il grogna trois ou quatre gros mots, ravalés de suite, vu que c'est mauvais de causer au froid.

Ils se remirent en route, plus loin, toujours plus loin, et puis arrivèrent à l'endroit où les panneaux des maisons préfabriquées étaient enterrés sous la neige.

Choukhov aime bien travailler avec Kildigs, sauf que Kildigs a un défaut : comme il ne fume pas, il ne reçoit jamais de tabac dans ses colis.

Mais il a l'œil, Kildigs : ensemble, ils soulevèrent une planche, et puis une autre et, dessous, il y avait le rouleau. Ils le tirèrent de là.

Seulement, comment l'emporter? Qu'on les voie depuis les miradors, c'était rien : les perroquets, la seule chose qui les intéresse, c'est que les *zeks* ne s'évadent pas : à part ça, pourvu que ça se passe à l'intérieur de l'enceinte, vous pouvez, si le cœur vous en dit, faire du petit bois avec tous les panneaux du chantier. Qu'on rencontre un surveillant du camp, c'est rien non plus : lui aussi est en maraude pour monter son ménage. Les détenus, c'est clair que les maisons préfabriquées leur font ni chaud ni froid, et aux brigadiers tout pareil. Les seuls qui s'en inquiètent, c'est l'entrepreneur (qui n'est pas un détenu), le contremaître (qui en est un) et Chkouropatenko, le grand maigre. Par soi-même, Chkouropatenko, c'est non plus rien : un *zek* comme les autres, [mais flic dans l'âme]. Sa fonction (on la lui compte comme tâche à l'heure) c'est de voir que les *zeks* ne maraudent pas, morceau après l'autre, les maisons en question. De sorte que c'est par lui qu'il y a le plus de chance de se faire repérer en terrain découvert. Mais Choukhov y avait réfléchi :

— M'est idée, Vania, que le porter en long, il n'y a pas moyen. Alors, portons-le de chant, comme qui dirait par la taille, et allons-y doucement, cachés derrière. De loin, ils ne comprendront pas.

Il avait aussi de l'idée, Choukhov. Le rouleau, c'était voyant à emporter. Alors, au lieu de ça, ils le mirent entre soi et s'en allèrent avec. Pour les autres, ç'avait l'air qu'ils étaient trois et marchaient un peu bien serrés.

— Du reste, fit Choukhov, ça servira à rien. Il comprendra de suite, l'entrepreneur, quand il verra du carton aux fenêtres.

Kildigs eut l'air épaté :

— De quoi? Mais on n'y est pour rien, nous autres. Quand on a rappliqué à la centrale, le carton s'y trouvait déjà. On n'allait pas l'arracher, non?

C'était tout de même bien vrai.

Ses mitaines étaient si malades qu'il avait l'onglée à ne plus sentir ses doigts, Choukhov. Mais la botte de gauche tenait bon, et les bottes, c'est le principal. Les mains, ça se dégourdit en travaillant.

Passée la neige de steppe, ils étaient arrivés à une trace de traîneau qui menait de l'outillerie à la centrale : sans doute le ciment qu'on avait apporté.

La centrale, c'est sur une petite hauteur, et l'enceinte finit juste après. Personne n'y travaillait depuis beau temps, de sorte que la neige emmaillotait tous les abords, ce qui rendait beaucoup plus nettes les empreintes des patins bien enfoncés, signe que les nôtres étaient passés par là. Du reste, on déblayait déjà, à la pelle de bois, le devant de la centrale et un chemin pour les camions.

Ç'aurait été bien bonne chose que la sapine de la centrale fonctionne. Seulement le moteur avait grillé et, depuis, ça n'avait pas l'air qu'on l'ait réparé. Autrement dit, il allait falloir tout coltiner sur son dos depuis le rez-de-chaussée : le mortier et puis les briques.

La centrale, depuis deux mois, c'était rien qu'une carcasse grise toute seule dans la neige. Seulement la 104 était arrivée. Pour se donner du cœur à l'ouvrage, elle n'avait que des ventres vides ceinturés de serpillières serrées à bloc, un froid à pierre fendre, pas d'abri, même pas une étincelle pour en tirer du feu. N'empêche qu'elle était arrivée et, du coup, ça revivait.

L'auge à mortier s'était démantibulée juste à l'entrée de la salle des machines. Elle ne tenait plus, c'est vrai, même que Choukhov n'avait jamais pensé qu'on pourrait la porter jusque-là. Le brigadier jurait salement, mais pour le principe, parce qu'il voyait bien que c'était la faute à personne. Quand Choukhov et Kildigs rappliquèrent, avec le rouleau entre eux deux, ça lui fit bien du contentement et il redistribua la besogne. Il mit Choukhov à monter la cheminée du poêle pour qu'on chauffe plus vite, Kildigs, avec les deux Estoniens, à réparer l'auge, et Senka Klevchine à découper à la hache des lattes, histoire de clouer dessus le carton, vu que le rouleau faisait tout juste la moitié de la fenêtre. Seulement, il fallait les trouver, ces lattes. Et où? Vu que c'était pour abriter du froid, l'entrepreneur ne fournirait pas de bois. Le brigadier regarda. Tout le monde aussi. Il n'y avait qu'un moyen : prendre le bois sur l'échafaudage, en déclouant les deux planches qui servaient de garde-fou au plan incliné. Faudrait, bien sûr, pour ne pas tomber, regarder où on marche. Mais comment se débrouiller autrement?

On pourrait se dire : à quoi bon ça bosse un *zek*, et des dix ans de suite? Suffirait qu'il ne veuille pas et qu'il frime jusqu'au soir : la nuit est à nous, hein?

Seulement il n'y a pas mèche. Et c'est pour ça qu'on a inventé la brigade. Oh, pas la brigade comme en liberté, où je touche mon salaire de mon côté et toi du tien. Que non pas : une brigade de camp, c'est un système pour que ça ne soit point l'administration qui fasse suer les *zeks*, mais que chaque *zek* oblige l'autre à marner. Là, c'est simple : ou bien tout le monde touchera sa ration supplémentaire, ou bien vous crèverez tous ensemble. A cause du malpropre qui ne veut rien faire, il faudrait que, moi, j'aie rien à bouffer? Pas de ça, ordure! Au turbin!

Sans compter qu'il y a les moments, comme à présent, où on peut encore moins se tourner les pouces. Consentant ou pas, manie-toi le train, cavale et que ça saute. Parce que, si dans une paire d'heures on ne s'est pas organisé contre le froid, nous l'aurons tous dans l'os.

Les outils, Pavlo les avait déjà apportés. Et aussi des tuyaux. Il ne restait plus qu'à chercher dans le tas. Pour le travail du fer, comme de juste, il n'y avait rien de convenable, sauf un marteau à dresser et une hachette qui ferait l'affaire.

Choukhov cogne dans ses moufles, emmanche les tuyaux, les ajuste, recogne dans ses moufles, remmanche et rajuste. Sa truelle, il l'a serrée en lieu sûr, pas bien loin. On a beau être un peu en famille, les autres peuvent toujours vous la piquer, et Kildigs tout pareil.

A présent, ça lui balayait tellement les pensées de la tête, à Choukhov, qu'il n'avait plus de souvenirs, et donc plus de soucis, sauf un : ajuster les coudes et monter le tuyau, dehors, de façon que ça ne fume pas. Il envoya Hoptchik chercher du fil de fer, histoire de bien soutenir la sortie du tuyau près de la fenêtre.

Dans le coin, il y a encore un poêle bas avec une cheminée en briques et une plaque de tôle dessus. Une fois la plaque chauffée au rouge, le sable y dégèlera et puis deviendra sec. On l'a déjà allumé, ce poêle, et le commandant, avec Fétioukov, y amène le sable sur un bard. Porter un bard, ça ne demande pas d'intelligence. C'est pourquoi le brigadier, il y met ceux qui ont été grands chefs. Fétioukov, qu'on raconte, il était très grand chef. Dans des bureaux. Même qu'il aurait eu une automobile.

Fétioukov, les premiers jours, il avait essayé d'avoir le commandant à la redresse. Mais le commandant lui a cassé une dent ou deux. Depuis, ils vivent en bonne entente.

Des gars avaient bien cru se chauffer à ce poêle, mais le brigadier les avait prévenus :

— C'est moi qui vais vous chauffer le nase. L'installation d'abord.

A chien battu, montrer le fouet suffit. Le froid était mauvais. Mais le brigadier encore plus. Les gars étaient partis chacun à son travail.

Choukhov entendit le brigadier qui disait tout bas à Pavlo :

— Reste ici, toi, et leur lâche pas le bridon. Je vais tâcher de décrocher du tant-pour-cent.

Le tant-pour-cent, ça rapporte mieux que le travail. Un brigadier intelligent, c'est le tant-pour-cent qu'il cherche. Parce que le tant-pour-cent nourrit les hommes. Le tout, c'est de prouver que vous avez fait ce que vous n'avez pas fait en maquillant ce qu'on ne vous payerait pas cher en quelque chose qui devient très cher. Ce qui demande un brigadier avec une cervelle bien conditionnée. Et en bonnes relations avec les tarificateurs. Parce que, chez eux aussi, on ne doit jamais s'amener les mains vides.

Des fois, maintenant, qu'on essaye de débrouiller la chose, c'est pour quoi, ces tant-pour-cent? Pour le camp. A cause de ça, le camp tire du chantier des mille et des cent en rabiot, il verse des primes à ses lieutenants (à Volkovoï par exemple, rapport à son fouet) et, à nous autres, deux cents grammes de pain le soir en rabiot. Or deux cents grammes, ça régit une existence. [Le canal de la mer Blanche c'est à coups de deux cents grammes que les *zeks* l'ont creusé.]

On apporta deux pleins seaux, mais l'eau avait gelé en route, ce qui donna idée à Pavlo que le mieux était de faire fondre la neige. On mit les seaux sur le poêle.

Hoptchik avait piqué du fil d'aluminium tout neuf, du même que les électriciens prennent pour amener le courant.

— Ivan Denissytch, qu'il expliqua, c'est du bon fil pour les cuillers. Vous m'apprendrez à faire une cuiller?

Choukhov, qui a eu un garçon mort tout gosse (à la maison, ses deux filles, à présent, sont grandettes), aime bien ce polisson. Hoptchik, il s'est fait arrêter pour ce qu'il portait du lait, dans les bois, aux gens à Bandéra. On lui a collé même tarif qu'à un grand. Un gentil drôle, pourtant, bien caressant. Mais finaud, déjà : ses colis, il les mange seul. Des fois, la nuit, on l'entend qui mâche.

C'est vrai qu'il n'arriverait jamais à nourrir tout le monde.

Ils mirent donc de côté, bien caché, du fil d'aluminium pour les cuillers. Choukhov, avec deux planches, assembla une manière d'échelier, et il y fit monter Hoptchik pour suspendre le tuyau. Le drôle, vif comme un écureuil, grimpa jusqu'au dernier barreau, planta un clou, déroula le fil d'aluminium et en saisit le tuyau. Choukhov ne musardait pas non plus : il rajouta un coude, la bouche en l'air, à la sortie du tuyau. Un jour on n'a pas de vent, mais le lendemain il en fait. Au moins, ça ne fumerait pas. Il faut se rendre compte : ce poêle, c'est pour soi.

Senka Klevchine avait fini de tailler ses lattes. On envoya aussi le gosse les clouer. Un vrai petit démon : regrimpé tout en haut, il fallait l'entendre...

Le soleil, en montant, avait chassé la brume. Il n'avait plus de jambes, et il était, dedans, d'un beau rouge clair. Avec le bois maraudé, on alluma le poêle. C'était bien gai...

— Soleil de janvier, fit Choukhov, peut flanc de vache réchauffer !

Kildigs, qui a fini de reclouer l'auge cogne dessus avec sa hachette, en criant :

— Dis voir, Pavlo, pour un boulot pareil, je prends au moins cent roubles au brigadier.

Ça fait rire Pavlo :

— Vous aurez cent grammes.

D'en haut, Hoptchik piaille :

— Pour le rabiot, y a le procureur !

Choukhov pousse les hauts cris :

— Arrêtez, bon Dieu !

Ce sont les autres qui découpent le carton goudronné tout de travers. Il leur montre comment ça se fait.

Tout un groupe était collé autour du poêle de fonte. Pavlo alla les chasser. Il donna du renfort à Kildigs pour fabriquer des bards à servir le mortier, ajouta encore deux hommes au transport du sable, en envoya d'autres sur l'échafaudage, histoire d'enlever la neige des planchers et de la maçonnerie, et puis encore un, à l'intérieur, pour retirer du poêle le sable qu'on avait mis à réchauffer et le verser dans l'auge.

Dehors, un moteur éternuait, signe qu'on nous apportait des briques et que le camion cherchait à passer. Pavlo cavala, en faisant de grands gestes, pour montrer où il fallait déverser le chargement.

On avait fini de clouer la première bande de carton goudronné. On cloua la seconde. Seulement le carton, est-ce que ça protège? C'est du papier, pas autre chose. Tout de même, ça aveuglait les ouvertures, de sorte qu'il faisait plus sombre dedans et que ça rendait le feu plus clair dans le poêle.

Aliocha apporta du poussier. Les uns lui criaient : « Mets-le dans le feu! », et les autres, aussi fort : « Le mets pas dans le feu! Le bois, au moins, ça réchauffe! » Tant et si bien qu'il ne savait plus qui écouter.

Fétioukov s'était casé tout contre le poêle, et voilà-t-il pas — faut être bête! — qu'il approche ses *valienki* à leur faire toucher le feu. Le commandant l'empoigne par la peau du cou et le traîne jusqu'au bard :

— Va chercher du sable, crevard!

Pour le commandant, les travaux du camp c'est comme dans la marine : quand on vous a dit de faire quelque chose, faites-le. Il a pourtant salement maigri depuis un mois, mais il continue de tirer à franc collier dans l'attelage.

Ça a pris le temps qu'il fallait, mais les trois fenêtres, à présent, sont bouchées. La lumière ne vient plus que par la porte. Et le froid aussi. Pavlo dit de calfeutrer aussi le haut de la porte, en laissant juste la place pour qu'on puisse entrer en se baissant.

Pendant qu'on clouait les planches, trois camions avaient fini de verser leurs briques, qui étaient de l'aggloméré, et ça faisait un autre problème : comment les monter sans sapine?

— Les maçonneurs, fit Pavlo, voyons voir à écheler l'échafaud.

Ça, c'était de l'honneur. Choukhov et Kildigs grimpèrent avec Pavlo à l'échafaudage. Le plan incliné n'avait jamais été bien large, mais, maintenant que Senka avait enlevé le garde-fou, il ne restait qu'à se plaquer au mur pour ne pas culbuter en bas. Avec cet ennui, encore, que la neige avait gelé sur les traverses, bien arrondies à présent, et où les semelles dérapaient. Comment on allait monter le mortier?

Ils regardèrent le mur à exhausser. On était en train de déblayer la neige avec des pelles. Bon. Là où il y avait le dernier lit de briques, il faudrait d'abord casser la glace à la hache et puis nettoyer au balai.

Ensuite, ils calculèrent comment monter les briques. Pour ça, ils regardèrent en bas et ils arrivèrent à cette idée : au lieu de les faire coltiner par le plan incliné, mettre quatre hommes dessous qui les lanceraient directement sur le premier plancher de l'échafaudage, encore deux qui les relanceraient sur le second, et encore deux autres, au second, qui les feraient passer. Tout de même, ça irait plus vite.

En haut, ça n'est pas que le vent soit fort, mais vous le sentez. Quand on commencera à maçonner, ça va pincer. Ensuite, il y aura pour s'abriter le muret déjà en place : on aura quand même beaucoup plus chaud.

Choukhov releva la tête et fit : « Oh! » Le ciel était d'un pur! Et le soleil y avait grimpé, presque en haut de sa course. C'est merveilleux comme le travail fait passer le temps. Choukhov l'avait remarqué qui sait des fois : les journées, au camp, ça file sans qu'on s'en aperçoive. C'est le total de la peine qui n'a jamais l'air de bouger, comme si ça n'arrivait pas à raccourcir.

Quand ils furent redescendus, tous les autres s'étaient assis en cercle autour du poêle, sauf le commandant et Fétioukov qui continuaient à porter du sable. Pavlo se fâcha. Il envoya aussitôt huit hommes ramasser les briques, deux verser le ciment dans l'auge et gâcher à sec avec le sable, un chercher de l'eau, un autre du charbon, et Kildigs dit à son équipe :

— Les potes, il y a maintenant les bards à finir.

— Peut-être bien que je pourrais aider?

Ce Choukhov qui se proposait sans qu'on lui demande rien! Pavlo fit signe que oui :

— Vous serez de bonne rescousse, qu'il dit.

A ce moment, on apporta un baquet de neige à fondre pour le mortier, et quelqu'un annonça qu'il était déjà midi.

— Pour sûr, fit Choukhov : le soleil est d'aplomb.

— Si le soleil est d'aplomb, fit le commandant, il n'est pas midi, mais une heure.

Ça épata Choukhov :

— Pourquoi? Tous les vieux te le diront : c'est à l'heure de midi que le soleil est à son plus haut.

— Oui, fit le commandant, c'était vrai de leur temps. Mais, depuis, il y a eu un décret : le soleil, maintenant, atteint sa hauteur maximum à une heure.

— Pas possible? De qui qu'il est ce décret?

— Du pouvoir soviétique.

Le commandant repartit avec le bard. Choukhov, d'ailleurs ne voulait pas le disputer. Tout de même! Est-ce que le soleil aussi obéirait à leurs décrets?

A la hache, on fendit des planches, on enfonça des clous, et quatre bards à mortier furent prêts.

— Bonne chose de faite, dit Pavlo aux deux maçons. Acagassounons-nous au chaud. Et vous de même, Senka, seyez-vous : ce tantôt, vous abouterez pareillement les briques.

Ils s'assirent devant le poêle. Comme il se devait. On n'allait pas commencer à poser les briques avant déjeuner. Et gâcher le mortier n'avait pas de raison : il aurait gelé.

Le charbon avait pris doucement et, à présent, il donnait de la vraie chaleur. Sauf qu'on la sentait juste devant le poêle. Dans le reste de la salle, c'était toujours aussi froid.

Ils enlevèrent leurs mitaines et, tous quatre, promenèrent leurs mains contre le poêle.

Les pieds chaussés, il ne faut jamais les mettre près du feu. C'est une chose à bien saisir. Quand on a des brodequins, le cuir prend des crevasses. Quand on porte des *valienki,* ça fait rentrer l'humidité des pieds dans le feutre, de sorte qu'on n'a pas plus chaud. Si on les rapproche encore, ça les brûle, et, après, vous voilà avec un trou jusqu'au printemps. Parce qu'il ne faut pas espérer s'en faire donner d'autres.

Kildigs — c'est pour faire bisquer Choukhov — dit aux autres :

— Choukhov, il s'en balance : il a déjà un pied à la maison.

— Celui qu'il a nu, fait quelqu'un.

On se tord : c'est parce que Choukhov a enlevé sa botte gauche, celle qui a brûlé, et mis sa *portianka* à sécher devant le poêle.

— Il arrive au bout de sa peine, Choukhov.

Kildigs, lui, a attrapé vingt-cinq ans. Avant, c'était la belle époque : on vous donnait dix ans, à tout le monde, et tous du pareil au même. Seulement, en 49, le tarif a monté : vingt-cinq ans par tête, toujours à vue de nez. Or dix ans, ça peut encore se faire sans crever. Mais vingt-cinq, essayez voir !

Il trouve bien agréable, Choukhov, que les autres le montrent du doigt à cause qu'il arrive au bout de sa peine. Mais, au fond, il n'y croit guère, lui. Tous ceux qui ont fini leur peine pendant la guerre, il y a eu pour eux une disposition spéciale : on les a gardés jusqu'en 46. De sorte que ceux qui avaient par condamnation, trois ans à tirer, ça leur en a fait cinq de pas prévus. La loi, ça se retourne. Tu as fini tes dix ans? On t'explique : « Fais-en encore dix par-dessus le marché. » Ou on t'expédie en relégation.

Il y a des fois, quand même, ça vous arrête la respiration, de se dire qu'on arrive au bout de sa peine et qu'il n'y a quasiment plus de fil sur la bobine... Bon pied, bon œil et libre, c'est-il, Dieu, possible?

Ce serait pourtant des choses pas convenables à dire pour un ancien des camps. Et Choukhov explique à Kildigs :

— Te monte donc pas le bourrichon avec tes vingt-cinq ans. C'est écrit sur de l'eau, que tu les feras. Tandis que, moi, j'en ai tiré huit de ferme.

Ici, on ne regarde pas plus loin que le bout de son nez. Et il n'y a pas le temps de penser, de se demander comment vous avez fait pour en arriver là et comment vous en réchapperez.

D'après son dossier, Choukhov est au camp pour trahison de la Patrie. Il a fait tous les aveux qu'il fallait : il s'est rendu aux Allemands parce qu'il avait envie de trahir l'Union soviétique, et il s'est, soi-disant, évadé parce qu'il avait reçu une mission des services de renseignements de l'ennemi. Quelle mission? Choukhov n'était pas assez futé pour en trouver une. Ni non plus l'officier du contre-espionnage. Alors c'était resté comme ça : « Une mission. »

[Au contre-espionnage, on l'avait salement passé à tabac, Choukhov.] Alors il avait réfléchi : s'il ne signait pas, c'était le champ de navets. En signant, il se donnait au moins une chance de vivre encore un peu. Il avait signé.

Dans la vérité, ça s'était passé ainsi : en février 42 leur armée, au complet, s'était fait encercler sur le front Nord-Ouest, et les avions ne pouvaient rien leur parachuter à manger, vu qu'il n'y avait pas d'avions. Ils en étaient arrivés à râper les sabots des chevaux crevés, pour faire, en ajoutant de l'eau, une pâte qu'ils avalaient. Du reste, ils n'avaient pas non plus de cartouches. Et les Allemands les avaient cueillis, les uns après les autres. Choukhov s'était fait prendre avec un de ces groupes. Il était resté prisonnier deux jours, mais en forêt, sans qu'on l'emmène. A cinq, ils s'étaient évadés et, après s'être planqués dans des bois et dans des marais, ç'avait été un vrai miracle : ils avaient rejoint les lignes. Seulement deux s'étaient faits descendre raides, à la mitraillette, par les nôtres, un troisième était mort de ses blessures, et deux seulement, dont Choukhov, s'en étaient tirés. Plus malins, en racontant qu'ils avaient tourné en rond dans la forêt, ils n'auraient pas eu d'ennuis. Mais ils y avaient été bon cœur bon argent : on revient, qu'ils avaient expliqué, d'avoir été faits prisonniers par les Allemands. Prisonniers? Putains de vos mères! [Des agents fascistes, oui! Au poteau!] A cinq, peut-être bien que, leurs dépositions ayant collé, on les aurait crus. Mais, à deux, pas moyen. Vous êtes de mèche, tas de fumiers, qu'on leur avait dit, avec votre histoire d'évasion.

Senka Klevchine, dur de l'oreille comme il était, il avait seulement compris qu'on causait d'évasion. Il dit tout fort :

— Je me suis évadé trois fois, et, trois fois, ils m'ont repris.

Senka, c'est un homme qui supporte et se tait. Comme il n'entend pas, il cause de moins en moins et il ne se mêle pas des conversations. De sorte que, de lui, on ne sait pas grand-chose : juste qu'il a fait du camp à Buchenwald, où il était d'une organisation secrète, et qu'il a apporté des armes dans l'enceinte pour une révolte. Et puis, on sait aussi que les Allemands l'avaient pendu par les mains derrière le dos et battu avec des bâtons.

— D'abord, toi, Vania (ce Kildigs, il n'arrête pas de contredire), dans quel genre de camp tu les a tirés, tes huit ans? Au régime commun. Il y avait des femmes. Vous ne portiez pas de numéros. Essaye un peu de tirer huit ans de bagne. C'est encore arrivé à personne.

— Des femmes? De la grume, oui, et du pelard.

MINAE

COSTA RICA

Sistema Nacional de Areas de Conservación

DERECHO DE INGRESO POR PERSONA POR UN DIA
A LAS AREAS SILVESTRES PROTEGIDAS

Extranjeros No Residentes

Tiquete válido en las siguientes Areas Protegidas:

Carara
Cabo Blanco
Corcovado
Isla del Caño

$8.00

No. **136700** SERIE **A**

On travaillait aux coupes en forêt, qu'il veut dire.

Il a l'air, Choukhov, de regarder les flammes dans le poêle, mais il regarde ses sept années dans le Nord. Les trois ans passés au transport des billes, bois de sciage et bois de service. Et le feu qui tremblotait sur la coupe, pas seulement le jour, mais pour l'abattage de nuit. Parce que le chef, il avait sa loi : la brigade qui n'avait pas fait sa tâche dans la journée, elle devait la terminer après le coucher du soleil.

De sorte qu'on rentrait au camp à des minuits, en traînant la patte et, pour repartir le matin à l'abattage.

Il zozota :

— Non, les gars, ici, c'est plus tranquille. On débauche à la sonnerie. Il y a une loi. Ta tâche faite ou pas, tu te ramènes au camp. Et puis la ration de base, c'est cent grammes en plus. Ici, il y a quand même moyen de vivre. C'est un Spécial? Qu'est-ce que ça te fait que ce soit un Spécial? C'est les matricules qui te gênent? Ça pèse pas, un numéro.

— Plus tranquille? (C'est Fétioukov qui grince : on va sonner la pause, et tout le monde s'est rapproché du poêle.) Tu appelles ça plus tranquille? On coupe le cou aux gens dans leur lit!

Pavlo braque son doigt sur Fétioukov :

— C'est point des gens, c'est des moutons.

C'est vrai que, depuis quelque temps, il se fait du nouveau au camp. Deux moutons, des fameux, on leur a tranché la gorge, de nuit, sur leur *wagonka.* Et puis, encore, à un brave bougre qui n'avait rien fait, mais on s'était, probable, trompé de paillasse. Même qu'un indic, il est allé tout seul se présenter au *BOUR,* où les chefs l'ont mis à l'abri derrière les pierres de la prison. Curieux, quand même. Dans les camps de régime commun, ça ne se faisait pas. Et ici non plus, avant.

Là-dessus, le train-génératrice lâcha son coup de sirène, mais pas tout de suite à pleine gueule : au début, c'était un peu enroué, comme s'il voulait s'enlever un chat de la gorge.

Une demi-journée de tuée! La pause-déjeuner.

On avait trop musardé. Depuis beau temps, il aurait fallu aller au réfectoire, histoire de réserver son tour. Le chantier compte onze brigades, et il n'y en a pas plus de deux à la fois qui peuvent entrer manger.

Toujours pas de brigadier. Mais Pavlo, qui a l'œil rapide, se décida de suite :

— Choukhov et Hoptchik, avec moi. Kildigs, vous bronchez pas tant que je vous ai point dépêché Hoptchik pour m'amener sitôt la brigade.

On leur reprit de suite leurs places près du poêle. Ils étaient tant tous après ce poêle qu'on aurait cru une femme qu'ils voulaient bécoter.

— Fini de nuiter! qu'ils criaient, les autres. On en grille une.

Et puis, ils se regardent : qui c'est qui va en griller une? Personne ne fume : faute de tabac, ou bien crainte de montrer qu'on en a.

Pavlo sortit avec Choukhov. Derrière, Hoptchik trottait comme un lapin.

— Ça se réchauffe, fit Choukhov qui s'était tout de suite rendu compte. Dans les dix-huit degrés. Beau temps pour maçonner.

Ils jetèrent un coup d'œil au tas de briques. Les gars de la brigade en avaient déjà empilées sur un plancher. Même qu'il s'en trouvait aussi au plancher du premier.

Et Choukhov vérifia aussi le soleil : rapport au décret du commandant.

A découvert, là où le vent avait du champ, ça continuait quand même de mordiller-pinçoter. Manière qu'on se souvienne et n'oublie pas que c'était toujours janvier.

Le réfectoire du chantier, c'est un mauvais cagibi, en planches clouées à l'entour du poêle et puis recouvertes de fer-blanc rouillé qui bouche les fentes. Dedans, une cloison coupe la bicoque en deux : côté-cuistance et côté-bouffe. Mais cuistance ou bouffe, le plancher est du pareil au même, vu qu'il n'y en a pas. A force que les semelles l'aient battue, la terre est toute en bosses et en creux. La cuistance c'est rien qu'un poêle carré avec une chaudière cimentée dedans.

Ils sont deux à s'occuper de cette cuisine : le cuisinier et l'instructeur sanitaire. Le matin, juste quand on sort du camp, le cuisinier touche à la grande cuisine son dû en grains de gruau. Dans les cinquante grammes par tête. Probable, un kilo par brigade. Guère moins de trente-deux livres pour le chantier. Il ne va pas porter ce sac de seize kilos pendant trois kilomètres, le cuistot : il le donne à un goujat. Pas la peine de s'abîmer l'échine, quand on peut se payer un goujat pour une portion au compte de la main-d'œuvre. L'eau et le bois qu'il faut apporter, le poêle qu'il faut allumer, c'est pas non plus le cuistancier qui s'en occupe : il racole chez les manouvriers et chez les claquants ; une portion à chacun, ça ne lui coûte guère, puisque c'est pas son bien. Là-dessus, il y a encore ce règlement qu'on n'a pas le droit de manger hors du réfectoire, et cet autre qu'il faut apporter les écuelles depuis le camp, vu qu'on ne peut pas les laisser au chantier où la population en liberté les piquerait pendant la nuit. Alors on en apporte un demi-cent, pas plus, on les lave sur place et on fait circuler en vitesse. Le porteur d'écuelles c'est une autre portion à retrancher. Et, pour qu'on ne sorte pas les écuelles du réfectoire, on met un goujat de plus à la porte. Du reste, avec toutes ces précautions, on les sort quand même : il suffit de persuader le type ou de le faire regarder ailleurs. Par-dessus le marché, il faut un ramasseur qui reprend les écuelles sales dans le chantier et les ramène à la cuisine. Ça fait encore une portion par-ci et une portion par-là.

Le cuisinier, voici exactement son boulot : verser le gruau avec le sel dans la chaudière, et puis trier la graisse : celle pour la chaudière et celle pour lui. Parce que la bonne graisse n'arrive jamais jusqu'à la main-d'œuvre : dans la chaudière, le cuisinier ne met que la mauvaise. De sorte que les *zeks* aiment encore mieux que le magasinier délivre seulement de la graisse de mauvaise qualité. Et puis, le cuisinier touille aussi la kacha quand elle va être cuite. Mais l'instructeur sanitaire, il ne fait même pas ça : il regarde. Quand la kacha est prêtre, on la lui apporte : mets-t'en plein le bide, et bide toi-même ! Là-dessus, le brigadier de service s'amène (ils changent tous les jours) histoire de goûter, si c'est assez bon pour la main-d'œuvre. Il touche aussi double portion.

Au coup de sirène, les autres brigadiers rappliquent, pour faire la queue. Le cuistot, derrière son guichet, distribue les écuelles. Il y verse juste un fond. Vaut mieux pas peser. Ni réclamer. Parce que, des fois que tu ouvrirais trop la gueule, on t'y mettrait dedans autre chose que de la kacha.

Le vent siffle sur la steppe : sirocco l'été, bise l'hiver. Dans cette steppe, plate comme planche, jamais il n'est rien venu. Et, encore moins, entre quatre réseaux de barbelés. Le blé, ça ne pousse qu'en miches à la paneterie, et l'avoine se fauche seulement chez les magasiniers. Échine-toi tant que le cœur t'en dit, et même à t'étouffer : de cette terre-là tu ne tireras jamais nourriture, jamais tu n'auras à manger que de la main des chefs, et même ce qu'ils donnent tu l'auras jamais tout, à cause des cuistanciers, des goujats et des planqués. On te vole au chantier. On te vole dans le camp. Avant, on t'avait déjà volé chez le magasinier. Et pas un de tous ceux qui volent n'a jamais attrapé un tour de reins. A toi la pioche, mon ami, prends ce qu'on donne, et tire-toi du guichet. Qui peut autrui rogner ne va point l'épargner...

Quand Pavlo avec Choukhov et Hoptchik entrèrent dans le réfectoire, on ne voyait, à force de dos accotés, ni les bancs, ni les tables courtaudes. Les uns mangeaient assis, la plupart debout. La brigade 82, celle qui avait pioché au froid tout le matin, avait pris les places la première, sitôt le coup de sirène et, à présent qu'elle avait mangé, elle ne voulait plus s'en aller : où c'est qu'elle aurait pu se réchauffer? Elle se faisait agonir par un chacun et s'en battait l'œil : tout, plutôt que se retrouver au froid.

Pavlo et Choukhov se creusèrent un trou dans le tas. Ils étaient arrivés au bon moment : une brigade touchait ses portions, et il n'y en avait qu'une, après, dans la file, avec des sous-brigadiers attendant devant le guichet; les autres donc passeraient après nous.

— Envoyez des écuelles! crie le cuisinier depuis son guichet.

On les lui fait passer dans la salle, et Choukhov aussi en ramasse pour les lui passer. Mais pas pour toucher une portion de rabiot : histoire que ça roule plus vite.

Derrière la cloison, des goujats lavent la vaisselle; eux aussi contre kacha.

Le sous-brigadier qui est avant Pavlo réceptionne déjà ses portions, et Pavlo crie, par-dessus les têtes :

— Hoptchik?

— Présent!

Hoptchik détale.

Le principal, c'est que la kacha d'aujourd'hui, c'est de la bonne et même de la meilleure : de l'avoine. C'est rare. D'habitude, c'est surtout du sorgho, jusqu'à des deux fois par jour, un peu de farine avec beaucoup d'eau. Alors que la kacha d'avoine, ce qui la fait nourrissante et précieuse, c'est le gluant entre les grains.

Quand il était jeune, Choukhov, qui sait les brassées

d'avoine qu'il a portées aux chevaux! Jamais il ne se serait figuré qu'un jour, ça lui donnerait à rêver, une poignée d'avoine.

— Les écuelles! qu'on crie au guichet.

Ça va être le tour de la 104 : le sous-brigadier de devant a quitté le guichet après avoir reçu double louchée, ce qu'on appelle la portion brigadière.

C'est encore sur le compte de la main-d'œuvre, et personne n'y trouve non plus à redire. Chaque brigadier y a droit, qu'il mange sa deuxième ration tout seul ou qu'il la refile à son adjoint. Turine, lui, la donne à Pavlo.

Le travail de Choukhov commence. Il se fait de la place en virant deux claquants et en demandant bien poliment à un manouvrier de se pousser. Comme ça, il a la place pour une douzaine d'écuelles : à condition qu'elles soient bord à bord, on peut mettre dessus un autre étage de six, et puis, tout en haut, un troisième, de deux. A présent, il va les prendre des mains de Pavlo, en répétant le compte et en faisant très attention : attention que quelqu'un d'une autre brigade ne pique pas d'écuelles à eux sur la table; et attention, crainte de renverser, qu'on ne le cogne pas. Sans compter que, sur les bancs, il y en a qui s'en vont après avoir mangé et d'autres qui s'assoient pour manger, de sorte qu'on doit, tout le temps, garder les yeux en face des trous : c'est-il dans leur écuelle qu'ils mangent, ou est-ce qu'ils ne maraudent point les nôtres?

Le cuistot compte derrière son guichet :

— Deux... Quatre... Six...

Il sert des deux mains à la fois. C'est plus facile : avec une main, il pourrait se tromper.

Pavlo recompte dans son ukrainien :

— *Dvi, tchotyri, chist...*

Façon à eux de dire pareil.

Il le dit pas très fort, sans bouger du guichet, en remettant de suite les écuelles à Choukhov, par deux, et

Choukhov les va poser sur la table. Lui ne répète pas les chiffres : il sait mieux compter qu'eux tous.

— Huit... Dix...

Pourquoi Hoptchik n'amène pas la brigade?

— Douze... Quatorze...

Il n'y a plus d'écuelles à la cuisine. Par-dessus la tête et les épaules de Pavlo, Choukhov voit les mains du cuisinier. Elles ont posé deux écuelles sur la tablette, mais sans les lâcher, avec un air de réfléchir. Le cuisinier a dû se retourner pour engueuler les goujats de la plonge. Là-dessus, on lui passe par le guichet une pile d'écuelles vides. Et, pour les faire suivre derrière, il lâche les pleines.

Choukhov laisse aussitôt son tas d'écuelles sur la table, renjambe le banc, empoigne les deux pleines sur la tablette et, pas très haut, avec l'air de compter pour Pavlo, mais pas pour le cuisinier, il fait :

— Quatorze...

— Halte! Qu'est-ce que tu chapardes? braille le cuistancier.

— Notre brigade, il est de notre brigade, explique Pavlo.

— Peut-être bien qu'il en est, mais me perdez pas dans mes comptes.

Pavlo hausse les épaules :

— Quatorze...

Lui, bien sûr, il n'aurait jamais fauché deux écuelles : un sous-brigadier, ça se doit à son rang. Mais du moment qu'il répète après Choukhov, il pourra toujours lui faire retomber la faute dessus.

— Quatorze? Mais j'ai déjà dit quatorze! brame le cuisinier.

Choukhov gueule :

— Tu l'as dit, bien sûr, mais tu les a pas données : tu gardais les mains dessus. Viens compter, si tu me crois pas : regarde-les toutes sur la table.

Il beuglait tout ce qu'il savait, Choukhov, mais comme ça ne l'empêchait pas d'avoir aperçu les deux Estoniens qui fonçaient dans la presse pour le rejoindre, il leur refila les deux écuelles maraudées. Et il trouva même le temps de revenir jeter un coup d'œil sur la table, histoire de se rendre compte si rien n'y avait bougé de place et si les voisins ne s'étaient pas avisés de rien piquer. Parce qu'ils auraient pu, et comment!

Sa face d'aloyau complètement sortie du guichet, le cuisinier demanda d'un ton méchant :

— Où elles sont, tes écuelles?

— S'il te plaît, regarde, brailla Choukhov... Écarte-toi un peu, mon bon ami, que tu l'empêches (ça c'était pour un type qu'il venait de pousser)... Les voilà, tes deux. (Il soulevait à bout de bras la paire d'écuelles d'en haut.) Dessous, t'as qu'à compter : trois rangs de quatre, pas une de plus.

— Ta brigade n'est pas arrivée? redemanda le cuistot.

Il se méfiait, manquant de place pour bien voir, à cause que le guichet, on l'a fait étroit, histoire que ceux du réfectoire ne puissent pas non plus voir ce qui reste dans sa marmite.

Pavlo secoua la tête :

— Que non, mon pauvre, elle n'est point rendue encore, la brigade.

— Foutre de Dieu, qu'est-ce que c'est ces manières d'immobiliser la vaisselle quand la brigade n'est pas là? hurla le cuisinier qui devenait enragé.

— La voilà! La voilà! clama Choukhov.

Le commandant (il se croit toujours sur sa passerelle) rugissait depuis la porte :

— Dégagez la passe. Vous avez mangé? Sortez et place aux autres.

Le cuisinier marronna encore un peu en dedans, puis il se redressa, et on revit ses deux mains sur la tablette :

— Seize... Dix-huit...

Arrivé à la dernière, qui était double portion de brigadier, il annonça :

— Vingt-troisième et fini. Au suivant.

La brigade avait foncé dans la presse. Pavlo fit passer les écuelles, quelques-unes par-dessus la tête des gars assis à l'autre table.

L'été, on tenait à cinq sur le banc. Mais vu qu'à cette époque de l'année on s'habille épais, c'est tout juste si quatre s'y plaçaient. Et encore : les coudes n'avaient guère de jeu pour remuer les cuillers.

Du moment que, sur les deux portions en rabiot, il lui en reviendrait sûrement une, Choukhov, sans perdre de temps, s'occupa de la sienne, celle par droit de nature. Ce pour quoi, ayant ramené le genou droit contre le ventre, il tira de la tige de sa botte la cuiller d'Oust-Ijma, se décoiffa, logea son bonnet sous l'aisselle gauche et attaqua délicatement la kacha par les bords.

Le moment qui venait, il aurait fallu n'en rien distraire pour autre chose que manger, dépiauter le fond de l'écuelle de sa maigre paillasse d'avoine, être bien soigneux pour s'engouler chaque cuillerée dans la bouche, et bien soigneux aussi de rouler chacune sur sa langue. Le malheur est que Choukhov devait se presser, histoire que Pavlo voie bien qu'il avait fini et lui propose une des écuelles chapardées. Or il y avait Fétioukov qui compliquait la chose. Arrivé de compagnie avec les Estoniens, et ayant repéré du premier coup qu'on flouait le cuistot de deux parts, il s'était mis juste en face de Pavlo et mangeait debout, l'œil sur les quatre écuelles pas distribuées, histoire de montrer au sous-brigadier qu'il serait bon de lui en donner aussi, au moins une demie si pas une entière.

Pavlo, qui est jeune et de teint culotté, s'envoyait, bien tranquille, sa double louchée et, à sa figure, on ne pouvait pas savoir. Est-ce qu'il voyait qu'il y avait quelqu'un près de lui? Et est-ce qu'il se rappelait même qu'il y avait deux portions en surnombre?

Choukhov avait fini sa kacha. Et, de ce qu'il s'était par avance ouvert le pertuis de l'estomac pour deux rations, une seule n'était pas arrivée à le lui remplir, contrairement à ce que lui faisait toujours l'avoine. Il plongea la main dans sa poche de poitrine, tira du chiffon blanc le demi-rond de croûte qui n'avait pas gelé et s'appliqua à essuyer tout ce qui pouvait bien rester de gluant, d'abord au fond, et puis sur le tour des bords. Quand il en eut suffisamment ramassé, il lécha sa croûte d'un coup de langue et recommença à essuyer menu-menu, tant que l'écuelle ne fut point récurée, à croire qu'elle revenait de la plonge, sauf qu'elle ne brillait pas tout à fait si bien. Il la passa donc, par-dessus son épaule, à un goujat et resta assis, le bonnet sous le bras.

Il avait beau les avoir maraudées en personne, les deux écuelles, c'était le sous-brigadier qui en restait le maître.

Pavlo le fit encore languir un peu : le temps de finir sa propre écuelle. Mais, lui, sans nettoyer à fond, juste en grattant avec sa cuiller, qu'il lécha bien, après, et remit dans sa botte. Puis il fit le signe de la croix et, comme il n'avait pas beaucoup de jeu pour remuer, caressa deux des quatre écuelles restantes, façon de montrer qu'il les laissait à Choukhov :

— Ivan Denissovitch, qu'il fit, de deux vous porterez l'une à César et garderez l'autre pour soi.

Choukhov se rappelait bien qu'il fallait apporter une écuelle au bureau pour César. (César, il ne s'abaissait jamais à aller au réfectoire, pas plus au chantier qu'au camp.) Mais il avait beau se rappeler, Choukhov, au moment où Pavlo lui avait montré les deux écuelles, son cœur avait ralenti net, rien que de l'idée que le sous-brigadier les lui laissait peut-être, les deux, pour lui tout seul. Pavlo s'étant expliqué, le cœur se remit au pas.

Choukhov se pencha sur la portion qui lui revenait par droit de prise et mangea, en homme posé, le dos trop fier pour sentir les ramponneaux, vu que les brigades n'arrêtaient pas d'entrer, avec, tout de même, un rien de chagrin : est-ce qu'on n'allait pas donner le second rabiot à Fétioukov? Parce que Fétioukov, s'il a bien trop la venette pour jamais piquer quelque chose, question mendigotage il est salement fort.

... Or non loin d'eux, Bouynovski s'était attablé. Sa kacha, il l'avait depuis longtemps finie. Et, ignorant que la brigade s'était procurée du rabiot, il ne regardait même pas du côté du sous-brigadier pour voir combien il restait d'écuelles. Il s'abandonnait à la volupté d'avoir chaud, incapable de se lever, de sortir en plein vent ou d'aller se mettre à l'abri glacial de la salle des machines. Si bien que, n'ayant plus aucun droit à la place qu'il occupait, il gênait les nouveaux arrivés exactement de la même façon que le gênaient ceux qu'il avait chassés, cinq minutes plus tôt, de sa voix de bronze. Depuis peu dans un camp, il n'avait à peu près pas d'expérience pour les travaux de force. Or des minutes comme celles-ci (sauf qu'il ne le savait pas), ça compte dans une existence comme la sienne. Certes, l'officier de marine habitué à commander haut se métamorphosait alors en un pauvre *zek* soucieux d'économiser ses forces. Mais il n'y avait que cette économie qui lui permettrait de survivre à vingt-cinq ans de réclusion pénale.

... On lui gueulait après. On lui cognait le dos pour qu'il cède la place. Pavlo l'appela :

— Commandant, hé, commandant...

Bouynovski se secoua, juste comme si on le réveillait, et puis se retourna.

Pavlo lui tendait une écuelle. Sans seulement lui demander s'il en voulait.

Le commandant en eut les sourcils qui grimpèrent de

trois centimètres, et il regardait la kacha avec des yeux à croire qu'il n'avait jamais vu de miracle.

Mais Pavlo le rassura : « Prenez, qu'il dit, prenez, commandant. » Après quoi, il s'en alla en emportant la dernière écuelle, qui était pour Turine.

... Un sourire d'humble gratitude détendit la bouche gercée de ce capitaine de frégate qui avait navigué sur toutes les mers d'Europe et fait si souvent la route de l'Arctique. Il se pencha, heureux, sur cette bouillie clairette, pas même une pleine louche, sans un atome de graisse, et qui n'était que de l'avoine et de l'eau...

Fétioukov eut un sale regard — c'était pour le commandant, pour Choukhov aussi — et il fila aussi.

Mais Choukhov trouvait très bien que le commandant ait eu du rab. Le commandant, il apprendrait à vivre, lui aussi, question de temps. Seulement, au jour d'aujourd'hui, il ne savait pas encore.

Choukhov avait un petit espoir : et si César, aussi lui donnait sa kacha? Mais César ne la donnerait pas : depuis quinze jours, il n'avait pas eu de colis.

Pour la seconde kacha, Choukhov fit de même que pour la première : l'ayant mangée toute, il cura le fond et les bords de l'écuelle avec sa croûte de pain, à petits coups, en léchant la croûte à chaque coup. Après quoi, il mangea aussi la croûte, prit la kacha de César, qui était bien refroidie, et s'en alla.

— C'est pour le bureau, qu'il expliqua, avec un marron dans les côtes du goujat de faction qui ne voulait pas le laisser sortir avec une écuelle.

Le bureau, c'était une isba en poutres près du poste de garde. La cheminée dégueulait de la fumée ni plus ni moins que le matin. Il y avait un préposé qui s'occupait du poêle (il servait aussi de planton et, pour ça, on lui comptait une tâche à la journée). D'ailleurs, le bureau, on ne lui plaignait jamais les copeaux ni le petit bois.

Choukhov poussa la porte du tambour, puis une autre

encore, rembourrée avec de l'étoupe, qui grinçait autant que la première, entra avec un nuage de buée glacée et se pressa de tirer derrière soi le battant, histoire de ne pas se faire traiter de péquenot qui sait pas fermer les portes.

Aux bains, il ne devait pas faire plus chaud. La glace fondait sur les vitres. Le soleil, au travers, avait l'air de s'amuser (pas du tout cette sale figure qu'il avait là-bas, en haut de la centrale). Dedans ses rayons, la fumée qui sortait de la pipe de César grimpait, bien étalée, comme font les encensoirs à l'église. Le poêle, on voyait au travers, tellement ces abrutis l'avaient porté au rouge, et même le tuyau avec.

Une de ces chaleurs qu'aussitôt assis, on roupille.

Le bureau avait deux pièces. L'autre, c'était celle de l'entrepreneur, et, comme il avait mal fermé sa porte, on l'entendait qui bramait :

— Nous avons crevé tous nos plafonds de crédits : chapitre personnel comme chapitre matériel. Des planches qui valent très cher — et je ne vous parle pas des panneaux pour maisons préfabriquées —, vos détenus en font du bois de chauffage, ils en garnissent leurs poêles, et vous ne voyez rien ! Le ciment, tenez, devant le magasin, l'autre jour, les détenus en ont déchargé en plein vent et transporté sur des bards pendant quelque dix mètres, si bien qu'autour du magasin, on enfonçait dans le ciment jusqu'à la cheville, et que les ouvriers, quand ils sont revenus de là, leurs vêtements noirs étaient devenus tout gris. Ça se chiffre à combien, cette gabegie ?

C'est signe qu'il y a réunion, chez l'entrepreneur. Réunion de contremaîtres, probable.

Dans un coin près de l'entrée, le planton roupille sur un tabouret. Un peu plus loin, Chkouropatenko (matricule *B-219*) ne décolle pas du carreau. Cette espèce de gaule tordue regarde si on ne lui barbote pas ses maisons préfabriquées. Pour le carton goudronné, tu as du retard, vieux schnoque !

Les comptables — ils sont deux, des *zeks* — font griller du pain sur le poêle. Pour que ça ne brûle pas, ils se sont fabriqué un petit gril en fil de fer.

César fume sa pipe. Il s'est quasiment écrasé contre la table. Et, étant de dos, il ne voit pas Choukhov.

Devant lui il y a, assis, le matricule *X-123*, un vieux bien musclé qui a écopé de vingt ans de bagne. Il mange sa kacha.

César lui cause doux, en lâchant des bouffées de fumée.

— Non, mon cher, qu'il explique, un minimum d'objectivité exige qu'on reconnaisse le génie d'Eisenstein. Dites-moi, voyons : est-ce qu'*Ivan le Terrible* ne porte pas la marque du génie ? Rappelez-vous la danse des masques, la séquence de la cathédrale...

Le matricule *X-123* en a sa cuiller stoppée sur le chemin de la bouche.

— Des simagrées ! qu'il fait. L'art à trop haute dose cesse d'être de l'art : il ne faut pas substituer les épices au pain quotidien. Et puis, enfin, l'idée politique est infâme. Ce plaidoyer pour la tyrannie personnelle insulte à la mémoire de trois générations de l'intelligentsia russe ! (Il avale sa kacha sans seulement la goûter : elle ne lui fera pas profit.)

— On ne lui aurait pas permis de traiter le sujet autrement.

— Ah ! Ah ! On ne le lui aurait pas permis ? Alors, ne me parlez pas de génie. Dites que cet homme est un valet, qu'il a accepté une besogne dégradante, mais ne le traitez pas de génie : un génie n'accommode pas ses œuvres au goût des tyrans.

— Hum !... Hum...

Choukhov avait toussoté, ça le gênait d'interrompre

une conversation aussi instruite, mais il n'avait pas envie de faire le pied de grue.

César se retourna, prit la kacha à bout de bras, mais sans regarder Choukhov, comme si l'écuelle s'était amenée par la voie des airs, et revint à ses moutons :

— L'art, voyons, ce n'est jamais une réponse à la question « quoi? » L'art ne répond qu'à la question « comment? »

Il en a un haut-le-corps, le *X-123*, le voilà qui cogne et recogne sur la table avec le tranchant de la main :

— Je méprise, qu'il gueule, votre question « comment », si l'art ne suscite pas en moi des sentiments nobles!

Choukhov était resté, mais juste le temps qu'il faut rester une fois qu'on a remis la kacha. Et puis César lui offrirait peut-être de fumer? Mais César ne se rappelait plus que Choukhov était derrière son dos.

De sorte que Choukhov fit demi-tour et s'en alla sans bruit.

Dehors, rien à dire : il ne faisait pas tellement froid. Pour maçonner, ça marcherait.

Près du sentier où il marchait, il aperçut, dans la neige, un bout de fer, une lame de scie cassée. A quoi ça pourrait bien lui servir, pour le moment il ne voyait pas, mais on ne sait jamais d'avance ce qui vous fera besoin plus tard. Il ramassa le débris de scie et le glissa dans la poche de sa culotte. Une fois à la centrale, il le cacherait. Prévoyance vaut mieux qu'aisance.

Sitôt arrivé à la centrale, il reprit d'abord la truelle planquée qu'il enfila dans sa ceinture de corde, après quoi, il piqua droit dans la salle qui servait de gâchoir.

En venant du soleil, il avait l'air d'y faire bien noir et pas plus chaud que dehors. Comme qui dirait une cave.

Ils s'étaient ramassés tous à l'entour des poêles : du petit rond, celui que Choukhov avait installé dans la matinée, et de l'autre, où le sable dégourdissait en suant.

Vu qu'on manquait de place, plusieurs s'appuyaient les fesses aux taillants de l'auge à mortier. Le brigadier, lui, était assis au plus près du feu et finissait sa kacha. Pavlo la lui avait réchauffée.

Les gars se causaient à l'oreille, l'air bien contents. Toujours tout bas, quelqu'un passa la bonne nouvelle à Choukhov : le brigadier avait décroché un tant-pour-cent convenable; même qu'il était revenu satisfait.

Ce qu'il avait bien pu, en fait de travail, trouver à marquer sur la feuille, c'était son boulot, et qui demandait de l'intelligence. De toute la matinée, par exemple, on avait fait quoi? Rien. L'installation d'un poêle, ça n'entre pas dans les comptes, ni le calfeutrage des fenêtres : ça n'est pas de la production, c'est pour notre bien. Pourtant il faut écrire quelque chose sur les papiers. Peut-être bien que César le sert en sous-main dans cette histoire. Turine a l'air de bien le considérer. C'est pas pour ses beaux yeux.

Avoir décroché un tant-pour-cent convenable, ça veut dire cinq jours avec la bonne ration. Pas cinq jours pleins, mais tout de même quatre : sur cinq jours l'administration trouve moyen d'en ratiboiser un, en mettant à la ration minimum tout le camp pêle-mêle, que ça soit bosseurs ou rossards. Du moment que tout le monde est à égalité, on peut pas se vexer, non? Mais c'est sur notre estomac qu'ils économisent. Un estomac de *zek*, bien sûr, ça supporte de tout : aujourd'hui, on lui serre la ceinture, demain vous le remplissez. De sorte que, les jours de ration minimum, on se couche avec l'espoir.

A bien regarder la chose, quand même, c'est comme si on travaillait cinq jours et qu'on bouffe seulement quatre.

Elle ne fait pas de bruit, la brigade. Ceux qui ont de quoi fument et se taisent. Tout le monde s'est tassé dans le noir et regarde le feu. On dirait une réunion de famille. D'ailleurs, c'est une famille, la brigade. Le brigadier raconte une histoire pour les deux ou trois assis près du poêle. Le reste écoute. Il ne cause jamais beaucoup, Turine, de sorte que, s'il se laisse aller à causer, faut qu'il soit vraiment dans un bon jour.

Lui non plus, André Procofytch, il ne s'est pas appris à manger le bonnet sur la tête. Et la tête, il ne l'a plus jeune, une fois son bonnet ôté. Malgré que son crâne, comme à tout le monde, soit tondu, on y voit danser, à cause du feu qui brûle clair, du cheveu blanc en pagaille parmi le poil couleur cendre.

— ... le commandant du régiment... Vous vous rendez compte? Moi qui avais déjà les grelots devant le chef de bataillon. J'y fais : « Combattant Turine, de l'Armée Rouge, à vos ordres! » Il me braque dessus des sourcils féroces : « Prénom et patronyme? » Je les dis. « Date de naissance? » Je la donne. A l'époque, en 30, j'avais quoi? Vingt-deux ans. Un môme. « États de service? » — « Au service du peuple travailleur! » Voilà qu'il se met à bouillir. Et vlan! Deux coups de poing sur la table... « Au service, qu'il répète, du peuple travailleur? Comme quoi, canaille? » J'en ai comme un bain de vapeur dans le dedans, mais je ramasse mon courage : « Comme pointeur-mitrailleur de première classe, combattant d'élite pour la préparation militaire et polit... » — « Salaud de première classe, oui! On nous a envoyé un papier depuis Kamien. Ton père est un koulak, tu te caches, et ça fait un an que tu es recherché! » Moi, pâle comme un défunt, je la boucle. Tout un an, je n'avais point écrit de lettres à la maison, manière qu'on ne retrouve pas ma trace. Je ne savais plus rien d'eux, pas même s'ils étaient encore de ce monde, ni eux, de moi rien. « Tu n'as pas de conscience! Tu as trompé le pouvoir ouvrier et paysan! » Il aboyait. Ça secouait les quatre barres qu'il portait au col. Je pensais qu'il allait cogner. Mais il l'a pas fait. Il a signé un papier : dans les six heures, je serais flanqué à la porte. Dehors, c'était plein novembre. On m'a enlevé mes effets d'hiver, on m'en a donné d'été, marqués au magasin *3 ans d'usage*, et une capote qui venait aux genoux. Couillon comme la lune, je ne savais pas que j'avais le droit de garder ma tenue et de les envoyer se brosser le troussequin... Avec ça, un certificat à la brute — « *Chassé de l'Armée Rouge comme fils de koulak* » : exactement ce qu'il me fallait pour trouver de l'embauche —, quatre jours de chemin jusque chez nous, pas de feuille de route, zéro comme vivres, pas un jour, la dernière soupe, et puis oust !

« En 38, au camp de triage de Kotlas, j'ai retrouvé mon chef de section d'autrefois. Il avait écopé de dix gerbes, qu'il m'a expliqué. Mais le commandant du régiment et son commissaire, eux s'étaient fait flinguer en 37. Sans qu'on leur demande s'ils étaient prolos ou bien koulaks, s'ils avaient de la conscience ou s'ils n'en avaient pas. J'ai fait le signe de la croix et j'ai dit : « Notre Père qui êtes aux cieux, il faut croire que vous existez, parce que vous y mettez le temps, mais votre droite est terrible. »

Après deux écuelles de kacha, Choukhov avait une de ces envies d'en griller une, à croire que la mort ne fait pas plus mal. Du moment qu'il devait s'acheter deux verres de tabac chez le Letton de la baraque 7, ce qui lui permettrait de rembourser, il dit tout bas à l'Estonien pêcheur :

— Écoute voir, Eino, prête-moi jusqu'à demain de quoi m'en rouler une. J'ai jamais floué personne.

Eino le regarda bien dans les yeux et puis, toujours sans se presser, il regarda son frère de choix, vu que, comme ils partagent tout, le tabac, ils ne le dépensent pas l'un sans l'autre. De sorte que, après qu'ils se furent bambonné Dieu sait quoi, Eino tira sa blague, brodée avec du cordon rose, retira de la blague une pincée de tabac, du coupé en fabrique, la déposa dans la main de

Choukhov, vérifia à vue de nez et rajouta deux ou trois brins. Juste pour une cigarette, mais pas plus.

Du journal, Choukhov en avait. Il arracha un morceau, roula le tabac dedans, ramassa une braise qui avait roulé entre les pieds du brigadier et aspira un grand coup. Oh, ce qu'il aspirait! Ça lui faisait des papouilles dans tout le corps. Même que ça vous soûlait quasiment aux jambes et à la tête.

Il avait à peine allumé qu'à l'autre bout de la salle, une paire d'yeux verts s'étaient mis à flamber : Fétioukov! Peut-être bien que Choukhov aurait fait miséricorde à ce chacal en lui refilant le mégot, mais il l'avait déjà vu en pigeonner un tout à l'heure. Il valait mieux en laisser profiter Senka Klevchine, qui n'entend rien, le pauvre malheureux, de ce que raconte le brigadier, de sorte qu'il reste là, devant le feu, la tête penchée sur l'épaule.

Turine — le poêle lui éclaire les trous qu'il a sur la figure —, on ne dirait pas qu'il raconte son histoire tellement il n'a pas l'air de se plaindre.

— ... le peu de barda que j'avais, je l'ai cédé à un revendeur pour le quart de son prix, et je me suis acheté deux pains au noir vu qu'y avait déjà les cartes d'alimentation. Je pensais d'abord monter dans un train de marchandises, mais ils venaient de sortir contre ça des lois pas marrantes : [tirer à vue sur ces trains-là]. Pour ce qui est des billets, si vous avez souvenance, même avec de l'argent — et j'en avais point —, pas moyen de s'en procurer. [Les places des gares, c'étaient des étalages de touloupes de moujiks qui avaient crevé de famine sans pouvoir partir. Les billets, c'est connu à qui on en donnait : au Guépéou, à l'Armée, ou sur ordre de mission (1).] Et pas moyen non plus d'arriver aux

(1) Éd. de 1962 : « *Il fallait des permis ou des ordres de mission.* » (*N.d.T.*)

quais : la Milice était de faction à la porte, et de la garde patrouillait sur les deux voies. Le soleil baissait. Ça devenait frisquet. Les flaques commençaient à geler. Où j'allais passer la nuit? Il y avait un mur de pierre sans prise pour les mains. Je l'ai quand même grimpé, enjambé malgré mes pains, et je me suis planqué dans les W.-C. du quai, un bon moment, façon de me rendre compte si on me poursuivait pas. J'en sors, mine de rien — un troufion en voyage — juste comme l'express Vladivostok-Moscou venait d'entrer en gare. Devant les robinets d'eau pour le thé, les gens se bagarraient à coups de gamelle sur le crâne. Je vois une petite en corsage bleu, avec une bouilloire de deux litres, qui avait peur d'approcher. Des pieds tout mignons qu'elle avait : on pouvait les lui écraser ou les ébouillanter. « Prends mes deux boules, que je dis : je te remplis ton ustensile! » Le temps que je l'ai rempli, le train repart, et elle se met à chialer, mes deux pains dans les bras, sans savoir que faire : pour un peu, elle m'aurait laissé sa bouilloire. « Cours, que je lui crie. Cours, je te rattraperai. » Elle part devant, moi derrière. Je la rattrape. Je la fais monter. Je cours après le train. Je monte aussi sur le marchepied. Le conducteur ne m'a pas toqué sur les doigts ni, non plus, savaté la poitrine. Il y avait d'autres militaires dans son wagon : il m'avait confondu avec...

Choukhov donna un coup de coude à Senka, l'air de dire : « Tire une bouffée, mon pauvre vieux. » Il ne lui plaignit même pas le fume-cigarette : qu'est-ce que ça pouvait bien faire que l'autre le suce? Senka (par moments, il est d'un drôle!) remercia avec des courbettes, une main sur le cœur. A croire qu'il a joué sur les planches. Un sourd, qu'est-ce que vous voulez...

Le brigadier raconte toujours :

— ... elles étaient six, ces gosses, dans un compartiment à couchettes : des étudiantes de Léningrad qui rentraient d'un stage. Il y avait du beurre et bien des bonnes choses sur la tablette, des manteaux qui se balançaient aux crochets, des petites valises, cousues dans des housses... Des gosses qui passaient, feu vert, à côté de la vie. On a causé, on s'est raconté des blagues, on a pris le thé. « De quel wagon vous êtes? » qu'elles me demandent, à la fin. J'ai pas pu, j'ai lâché un gros soupir et j'ai dit la vérité : qu'elles étaient, ces gamines, du wagon de la vie, et moi, de celui des morts...

C'est tranquille, cette salle. Le poêle brûle bien.

— Ça leur a donné un choc, elles ont causé entre soi, et puis, quand même, elles m'ont mis sur la couchette d'en haut, tous leurs manteaux dessus [— à l'époque, les contrôleurs marchant avec le Guépéou, c'était pas question de billet, mais de ma peau —], et elles m'ont emmené, caché, jusque Novossibirsk. Du reste, une de ces petites, plus tard, sur la Pétchora, j'ai pu lui rendre la politesse : au moment, en 35, qu'après l'assassinat de Kirov, on arrêtait à tour de bras dans Léningrad, elle s'était fait faire marron dans le tas. Ils l'avaient flanquée aux travaux de force, et elle allait claquer. Je l'ai fait entrer à l'atelier de couture.

— Peut-être bien qu'on devrait voir à corroyer le gâchis?

Pavlo a demandé ça tout bas. Le brigadier n'entend pas.

— Chez nous, je suis arrivé de nuit, par les potagers [Le père était déjà déporté. Ma mère et les drôles attendaient leur tour. Y avait maintenant un télégramme à mon sujet, et le soviet du patelin me cherçhait pour m'emmener aussi. Pas fiers, on a soufflé la lampe, on s'est assis par terre, au ras du mur, à cause des militants qui patrouillaient le village en regardant aux fenêtres] et je suis reparti la même nuit, en emmenant mon plus petit frère du côté des pays chauds. J'avais rien pour moi ni pour le nourrir. A Frounzé, on asphaltait et, autour de la chaudière, y avait des truands, qui tenaient conseil. Je me suis assis avec eux, et je leur ai dit : « Écoutez voir, Messieurs de la Cloche, vous ne voudriez point prendre mon petit frère en votre compagnie, manière de l'instruire et qu'il s'apprenne chez vous les moyens d'exister? » Ils l'ont pris. Je regrette de ne m'être point mis moi aussi de leur confrérie.

— Vous n'avez jamais revu votre frère? demanda le commandant.

Turine bâilla :

— Jamais.

Il bâilla encore. Et :

— Vous faites pas de mouron, mes petits. A cette centrale aussi, nous aurons la bonne vie. Les gâcheurs de mortier, au boulot! Inutile d'attendre la sirène.

C'est ça, une brigade. Les chefs, même pendant le travail, les manouvriers s'en foutent. Mais suffit que votre brigadier — et pendant la pause — dise : « Au boulot! » et tout le monde y va. Parce que, lui, c'est le nourricier. Et puis aussi, parce qu'il ne fait jamais travailler le monde pour rien.

C'est vrai, aussi : des fois qu'on attendrait la sirène pour gâcher le mortier, à quoi ils s'occuperaient, les maçons? A se tourner les pouces?

Choukhov soupira, mais se leva aussi :

— Allons casser la glace.

Il prit la hache et la balayette (c'était pour la glace) et puis (c'était pour maçonner) une laie, une latte, une cordelle et un fil à plomb.

Kildigs, tout rose, regardait faire d'un air pas content, l'air de penser : « Qu'est-ce que c'est, ces façons de sauter debout quand le brigadier est encore assis? » C'est que Kildigs n'a pas besoin de se demander avec quoi le brigadier va le nourrir. Ce chauve-là, on pourrait lui donner deux cents grammes en moins, il se débrouillerait tout seul avec ses colis.

Il se lève quand même. Signe qu'il se rend compte

qu'on ne peut pas, à cause de soi, mettre une brigade en retard.

— Minute, Vania, qu'il dit, j'arrive aussi.

Ce gros lard, si c'était pour soi qu'il travaille, il aurait été debout plus tôt.

Maintenant, il faut dire aussi que Choukhov, s'il s'était tant pressé, c'était pour mettre la main sur le fil à plomb avant Kildigs : le fil à plomb, l'outilleur n'en avait donné qu'un.

Pavlo demanda au brigadier :

— Ça sera-t-il trois de suffisance pour abouter les briques? Un encore ne ferait point surplus, si le mortier ne manque.

Le brigadier fronça les sourcils pour bien réfléchir :

— Je ferai le quatrième, qu'il dit, et toi, Pavlo, tu t'occuperas du mortier. L'auge est conséquente. Mets-y six bonshommes, le mortier gâché dans un compartiment, celui à gâcher dans l'autre, manière que nous n'ayons pas à l'attendre.

— Et hop! fit Pavlo. (C'est un jeunot : il a le sang frais, les camps ne l'ont pas abîmé encore, et il garde les bonnes joues d'Ukrainien que lui ont faites les quenelles de son pays.) Comme vous aboutez les briques, moi je corroie le gâchis. Et on va voir qui saura mieux besogner. La pale à mortier, la grande, où qu'elle a passé?

C'est ça, notre brigade. Ce Pavlo qui canardait les gens depuis sa forêt, même que, de nuit, il a fait des coups de main sur les chefs-lieux, vous parlez s'il aurait le cœur à trimer ici! Mais pour notre brigadier, ça, oui.

En montant, Choukhov et Kildigs entendent que, derrière eux, les planches grincent : c'est Senka qui monte aussi. Tout sourd qu'il est, il a saisi.

Au premier, on a juste commencé de poser les briques : trois lits qui font le tour, et c'est rare quand ça grimpe plus haut. De la maçonnerie facile : depuis le genou jusqu'à la poitrine. Pas besoin de tréteaux.

Les tréteaux qu'il y avait avant et, aussi, les chevalets, les *zeks* ont tout maraudé : pour les emporter à d'autres chantiers ou se faire du feu, pourvu seulement que les autres brigades n'en profitent pas. De sorte qu'à présent, à bien prendre l'intérêt de la chose, il faudra, dès demain, charpenter des chevalets pour ne pas être arrêtés dans le travail.

On voit loin, du haut de la centrale : toute l'enceinte, avec de la neige partout et pas un chat dessus, à cause que les *zeks* se mussent jusqu'au coup de sirène ; les miradors tout noirs ; et les poteaux pointus qui tiennent les barbelés. Les barbelés, on ne les voit que le dos au soleil. A contre-soleil, ils ne se voient pas, et même ça brille si fort qu'on a peine à garder l'œil ouvert.

Ce qu'on voit encore, moins loin, c'est le train-génératrice qui fume. Le ciel en est tout encharbonné. Le train, il respire mal, pareil que s'il étouffait. Il a toujours ce souffle malade avant le coup de sirène. Du reste, le voilà, le coup de sirène. On n'aura pas tellement travaillé en surcompte.

Kildigs se dépêche :

— Hé, Stakhanov à la manque, qu'il dit à Choukhov, grouille-toi la tomate : j'ai besoin du fil à plomb.

— Regarde voir plutôt la glace qu'il y a sur ton mur : tu l'auras pas cassée avant le soir. Même que tu aurais pu laisser ta truelle en bas, répond Choukhov pour le faire rager.

Ils allaient se mettre à l'ouvrage, chacun à son mur, comme décidé avant déjeuner, quand le brigadier leur cria d'en bas :

— On va maçonner par paires, mes petits gars, manière que le mortier ne gèle pas. Choukhov, tu mets Klevchine sur ton mur. Moi, je seconde Kildigs. Pour le curage des briques, Hoptchik me remplace en attendant.

Choukhov et Kildigs se regardent du coin de l'œil. L'idée est bonne : ça ira plus vite.

Ils empoignent leurs haches.

Et Choukhov ne vit plus rien : ni la neige en plein soleil à perte de regard, ni l'enceinte grouillant de bonshommes sortis de leurs chauffoirs, les uns pour finir de creuser les trous commencés le matin, les autres pour monter des armatures ou charpenter les chevrons des ateliers. Choukhov ne voyait plus que son mur, depuis le décrochage de gauche, où les briques grimpaient en escalier plus haut que la ceinture, jusqu'à l'encoignure de droite, qui jouxtait le mur à Kildigs. Il montra à Senka où il faudrait casser la glace et, lui-même se mit à cogner, à la tête et au tranchant de la hache, d'un si bon cœur que les glaçons giclaient de partout, et dans sa gueule aussi. Du travail bien fringant et qui ne vous demande pas de penser. Sa pensée et son œil, c'était pour supputer le mur au travers de la glace, deux épaisseurs de briques qui faisaient la façade principale. Elles avaient été posées, les briques, par un maçon que Choukhov ne connaissait pas mais qui n'y connaissait sûrement pas grand-chose (à moins que ce ne fût un grand feignant), de sorte qu'à présent, on devait se faire à cette maçonnerie comme si on l'avait faite soi-même. A un endroit, ça s'affaissait, et un lit ne suffirait pas pour niveler : il en faudrait bien trois, en liaisonnant épais. A cet endroit, en revanche, où il avait poussé une bosse, on aurait besoin de deux lits pour remettre de niveau le mur de façade. En attendant, Choukhov, en pensée, plantait un témoin pour marquer encore l'endroit jusqu'où il maçonnait (en partant du décrochage en escalier de gauche), c'est-à-dire où commencerait Senka en continuant sur sa droite, pour rejoindre Kildigs, à l'encoignure. Le connaissant comme il le connaissait, il ne se retiendrait pas de mordre un petit coup sur le coin à Senka, qui aurait donc la besogne plus facile. De sorte que, le temps qu'eux autres allaient pignocher leur chaîne d'angle, Choukhov trouverait moyen de monter le mur plus qu'à moitié, et notre équipe ne se mettrait pas en retard. Comme il avait calculé aussi combien de briques lui feraient besoin, et puis où, sitôt les premières arrivées il happa de suite Aliocha au collet :

— C'est pour moi. Pose-les ici, et puis encore ici.

Senka finissait de casser la glace. Choukhov empoigna la balayette en fils d'acier, et il la promenait à deux mains — droite-gauche, gauche-droite — en frottant le mur tout du long, manière de bien nettoyer les lits du haut, peut-être pas à fond, mais de sorte que la neige, surtout aux jointures, n'y laisse plus que quelques poils blancs.

Le brigadier s'était ramené, et, le temps que Choukhov termine son balayage, il avait cloué une latte à l'encoignure. Choukhov et Kildigs ne l'avaient pas attendu pour en faire autant, chacun à son bout.

D'en bas, Pavlo gueula :

— Vous êtes point déjà morfondus? J'envoie le gâchis.

Choukhov en lâcha une suée : il n'avait pas encore tendu sa cordelle. Le feu aux trousses, il décida que le mieux, c'était de la tendre, non pas pour un, ni seulement pour deux, mais, d'un seul coup, pour trois lits de briques. Histoire de voir venir, et manière aussi de faciliter la tâche de Senka, pour lui prendre un morceau de façade, en lui cédant un petit bout de dedans.

La cordelle tendue sur les lits du haut, il expliqua à Senka — par mots et par gestes — où poser les briques. Il se rendait très bien compte, Senka, tout dur qu'il était de l'oreille. Il se mordit la lèvre, pointa l'œil, de coin, du côté où le brigadier avait son mur, et fit signe que oui, qu'on allait péter de l'étincelle et qu'on se laisserait gratter par personne, même qu'il se fendait la pipe, Senka.

Par le plan incliné, le mortier s'amène. Ils sont quatre couples à le porter. Le brigadier a décidé qu'il ne faut pas mettre d'augets près des maçons, à cause que le mortier, d'y être déversé, pourrait seulement geler. On pose les civières par terre, à raison d'une pour deux maçons, et qu'ils se dépatouillent. Les porteurs, histoire qu'ils ne se morfondent pas pour rien, font aussi passer les briques. Avant que les bards soient vides, d'autres arrivent d'en bas, sans faire arrêt, et les vides, on les redescend près du poêle, manière de dégourdir le ciment qui a gelé et que les porteurs, par la même occasion, fassent de même.

On vient de monter deux bardées d'un coup : pour le mur à Kildigs et pour celui de Choukhov. Au froid, le mortier fait de la buée, il fume, mais, pour de vrai, il n'est guère chaud. Sitôt qu'on en a appliqué une truellée, vaut mieux pas se tourner les pouces, ça prend à la seconde, et il faudrait, après, casser avec la panne du marteau, vu que la truelle ne mordra plus. Pareil pour la brique : vous la posez un rien de travers, et c'est gelé, voilà votre mur qui godaille, il n'y a plus qu'à la casser avec la tête de la hache et recommencer à liaisonner.

Mais Choukhov a l'œil. Les briques, c'est pas toutes du pareil au même : il y en a d'écornées, ou qui ont coulé en séchant, ou bien avec une arête de guingois. Tout ça, Choukhov le repère du premier coup. Il repère le côté par où il va enlier la brique, et l'endroit, dans le lit, qui attend cette brique-ci ou cette brique-là.

Avec sa truelle, il cueille le mortier fumant et le lance au bon endroit, en se rappelant toujours où passe la jointure d'en dessous, vu que c'est juste sur cette jointure que doit reposer le mitan de la brique d'en dessus. Le mortier, il en met exactement la quantité voulue pour une brique et une seule, qu'il tire vite du tas, avec des précautions quand même, crainte de trouer sa mitaine, à cause que les briques en mâchefer, ça écorche salement. Le mortier bien égalisé au plat de la truelle, il y colle la brique, et il rectifie sans attendre, toujours à la truelle, au cas où il ne serait point tout à fait tombé pile du premier coup, manière que, de face, ça tombe d'aplomb, qu'en long ça repose de niveau et que ça y repose aussi en large. Après quoi c'est pris déjà, et bien gelé.

Des fois, maintenant, que, de côté, la pression ait fait gicler du mortier, il le découpe de suite avec le tranchant de la truelle et le détache (l'été, il s'en servirait pour la brique d'après, mais pas question par ce froid), vérifie encore la jointure (ça arrive, que la brique de dessous ne soit pas une entière, mais qu'il y manque un morceau), rajoute une truellée en liaisonnant plus épais sur la gauche, pose la brique, mais en la baladant de droite à gauche, de sorte que le liant en trop ressorte du côté de la brique de gauche, vérifie l'aplomb, vérifie les niveaux... C'est pris. A la suivante.

Ça marche, la besogne. Quand on aura posé deux lits et corrigé les conneries du maçon d'avant, ça marchera même comme sur des roulettes. Mais, pour le moment, vaut mieux garder l'œil à l'aplomb du trou.

Le lit de façade cavale au-devant de Senka. Et Senka, dans son coin, il a déjà décollé du brigadier, de sorte que lui aussi se rapproche.

Un clin d'œil aux porteurs : le mortier, bon Dieu! Déposez-le à portée de main. Maniez-vous. Un boulot pareil, ça ne vous laisse pas le temps de se moucher le nez.

Il a rejoint Senka. Ils puisent à la même bardée. Tout de suite, les truelles raclent.

— Mortier! braille Choukhov par-dessus le mur.

— Espère! hurle Pavlo.

Une autre caisse arrive. Ils l'écopent à la truelle tant que c'est liquide mais, sur les parois, c'est déjà pris. Hé, les porteurs, vous le gratterez à l'ongle. Tant pis pour vous si ça gèle : c'est votre boulot de coltiner. Tirez-vous de là, et aux suivants!

Choukhov et les trois autres ne sentent plus le froid. De ce qu'ils travaillent vite et tout à leur besogne, le premier coup de chaleur ne tarde pas, celui qui vous trempe les deux chemises sous la veste matelassée et le caban. Seulement, comme ils n'arrêtent pas de maçonner, ni le mur de pousser, au bout d'une heure, le second coup de chaleur arrive qui, lui, sèche net la suée. Et, du moment que le froid ne les mord pas aux doigts des pieds, ce qui est le principal, le reste ne compte pas, même la bise qui soufflote, de sorte que rien ne détourne leurs pensées. Sauf pour Klevchine qui, de temps en temps, bat la semelle à son mollet. Ce pauvre malchanceux, il chausse du quarante-six! On ne lui a trouvé que des *valienki* dépareillés, mais les deux trop justes.

Le brigadier, par moments, il gueule : « Mortier! » et Choukhov gueule pareillement « Mortier! » Quand on a du cœur à l'ouvrage, on se sent toujours comme qui dirait le brigadier de quelqu'un. Or Choukhov n'a aucune envie de se laisser gratter par l'autre équipe. Au point où il en est, il ferait vingt fois monter-descendre son propre frère.

Bouynovski, au début de l'après-déjeuner, formait attelage avec Fétioukov à la même civière. Vu que le plan incliné est raide et que les semelles dérapent, il n'y allait pas, d'abord, bien franc du collier, et Choukhov le tarabustait gentiment :

— Manie-toi, qu'il disait, commandant! Commandant, des briques!

Seulement, le commandant s'affranchissait à chaque voyage, alors que Fétioukov, il mollassonnait un peu plus à chacun, même que, cette lavette, il retournait le bard en douce, histoire que le mortier coule et que ça soit moins lourd à porter.

Choukhov finit par lui flanquer un marron entre les omoplates :

— T'as du sang de crapaud? Quand je pense que tu as été directeur. Ce que tu devais être salaud avec l'ouvrier!

— Brigadier, gueule le commandant, donne-moi un homme. Je ne travaille plus avec ce glaviot.

Le brigadier a changé les postes. Il a mis Fétioukov à faire passer d'en bas les briques, mais de façon qu'on puisse compter combien il en passe, et il a donné Aliocha le baptiste au commandant. Aliocha, doux comme il est, pour pas s'en faire obéir, il faudrait y mettre du sien.

— Branle-bas de combat, la moussaille! que lui crie le commandant, pour lui donner du cœur. Tu vois comme ça avance, le mur?

Aliocha sourit comme un enfant sage :

— S'il faut aller plus vite, dites-le moi.

Ils ont dégringolé le plan incliné.

Un doux, c'est du bonheur dans une brigade...

Le brigadier s'engueule avec on ne sait pas qui en bas. Encore un camion de briques qui s'est amené. Pendant six mois, on n'en a pas vu un, et les voilà qui s'amènent comme l'inondation. Tant qu'ils apportent des briques, on peut en mettre un coup. Seulement c'est le premier jour. Après il y aura un trou. Avec ça, essayez voir de travailler sur votre lancée.

Le brigadier s'attrape encore avec quelqu'un d'autre. A propos de la sapine. Choukhov voudrait bien en savoir plus, mais il n'a pas le temps : il remet son mur de niveau. Les porteurs expliquent que c'est l'électricien qui vient d'arriver pour réparer le moteur de la sapine. L'entrepreneur de l'électricité est avec lui. L'entrepreneur, ça n'est pas un *zek*. Donc l'électricien farfouille dans le moteur, et l'entrepreneur le regarde farfouiller.

C'est bonne règle : un qui travaille et un qui regarde.

La sapine réparée, ça permettrait de lever les briques et le mortier à l'étage.

Choukhov en était au troisième lit (Kildigs aussi), quand voilà qu'un autre voyeur grimpe à l'échafaudage, encore un chef, le contremaître du bâtiment, Der, un type de Moscou qui a travaillé, qu'on dit, dans un ministère.

Choukhov, étant près de Kildigs, lui fait signe, mais Kildigs s'en fiche :

— Moi, qu'il dit, je me mélange pas avec les huiles. Des fois pourtant qu'il se tuerait en tombant, préviens-moi.

A présent, c'est sûr que Der va se planter derrière les maçons pour regarder. Choukhov ne peut pas les sentir, ces regardeurs. Un jour, s'est-il pas avisé, ce cochon pur lard qui se prend pour un ingénieur, s'est-il pas avisé de vouloir lui apprendre comme on pose les briques? Mais Choukhov lui a rigolé au nez. Commence par faire comme nous autres : quand tu auras bâti une maison de tes mains, après tu pourras te dire ingénieur.

A Tiemguéniovo, on ne connaissait pas les maisons de pierre : il n'y avait que de l'isba en bois. Même l'école, c'était du matériau équarri : six toises carrées de sapin amenées d'une réserve de l'État. Seulement, au camp, on avait eu besoin de maçons. Alors Choukhov — pourquoi pas? — il s'était fait maçon. Qui sait deux métiers, à dix encore main se ferait.

Der n'était pas tombé : il avait juste manqué s'étaler. Mais il était arrivé en haut quasiment au pas de course.

— Turine, qu'il gueule en faisant des yeux gros comme un œuf, Turine...

Pavlo arrive par-derrière lui. Même qu'il apporte sa pelle.

Der a un caban de détenu, mais neuf et tout propre, avec un bonnet comme pas un : en cuir. Dessus, pourtant, il y a un matricule, pareil qu'à tout le monde : *B-731*.

— De quoi? fait Turine qui s'amène avec sa truelle. Il a son bonnet de coin, ça lui couvre presque un œil.

Il va y avoir du cinéma, et il ne faudrait tout de même pas le manquer. Mais le moyen de laisser le ciment refroidir? Choukhov continue de maçonner, et il écoute.

Der postillonne :

— Tu sais dans quel cas tu t'es mis? Ça sent très mauvais, ton affaire. Pas simplement le cachot, non : ça relève de la justice. Je te ferai tripler ta peine, Turine!

L'idée vient juste de traverser Choukhov. Il cligne de l'œil à Kildigs qui a compris aussi. C'est l'histoire du carton goudronné; Der a vu le carton goudronné aux fenêtres.

Choukhov n'a pas peur pour sa peau : le brigadier ne le donnera pas. Mais il a peur pour le brigadier. Parce que le brigadier, c'est un père pour nous, mais pour eux autres, c'est moins qu'un pion aux dames. Dans le Nord, des choses pareilles faisaient coller une rallonge du double à un brigadier.

Mais faut voir ce qu'il tord le nez, notre brigadier! Et comment qu'il lance sa truelle par terre! Et l'enjambée qu'il fait pour avoir le Der plus à sa main!

L'autre se retourne. Derrière, il y a Pavlo qui lève sa pelle.

Un bel outil : Pavlo avait sûrement son idée en l'apportant...

Senka, sourd comme trois pots, s'est rendu compte. Il rapplique, les poings sur les hanches. On dirait une armoire qui se promène.

Il clignote, Der, à croire qu'il se sent dans de drôles de draps : l'air de quelqu'un qui préférerait être ailleurs.

Le brigadier se penche sur Der et, pas bien fort, (seulement, en haut comme on est, tout s'entend), il lui fait :

— C'est fini, pour les saletés comme toi, de nous rallonger les gerbes. Si tu dis un mot, vampire, rappelle-toi : tu vis ton dernier jour.

Ça l'a secoué, Turine : il n'y aurait plus moyen de le retenir.

Et Pavlo, déjà qu'il a la figure comme une truelle, il regarde le contremaître comme s'il allait le découper. Tout bonnement : le découper.

Der est tout pâle, et il s'écarte de la descente :

— Mais, voyons, mes amis, voyons...

Le brigadier ne dit rien de plus. Il remet son bonnet de niveau, ramasse sa truelle faussée et rejoint son mur.

Pavlo redescend, sa pelle à la main.

Avec une lenteur...

[Ce que c'est que d'avoir saigné trois moutons! Depuis, on ne reconnaît plus le camp.]

Der, qui a peur de rester et aussi peur de descendre, se plante derrière Kildigs.

Et Kildigs continue de poser ses briques. Comme on vous pèse les médicaments à la pharmacie, l'air d'un docteur qui prend son temps, et le dos tourné, pareil que s'il n'avait pas vu le contremaître.

Der se coule jusqu'au brigadier. Oh, mais plus du tout faraud :

— Qu'est-ce que je dis à l'entrepreneur, Turine?

Le brigadier maçonne. Il ne tourne pas la tête :

— Vous lui direz que ça y était déjà. Ça y était quand nous sommes arrivés.

Der reste encore un moment : c'est pas ce coup-ci qu'on le tuera. Il passe, tranquille, les mains dans les poches.

— *CH-854*, qu'il grogne, pourquoi mets-tu des couches de mortier aussi minces?

Il faut bien trouver à redire. Du moment que les briques sont d'aplomb et d'équerre, il ne reste qu'à baver sur le mortier. Choukhov se marre. Il zozote :

— Je me permettrai de vous faire respectueusement remarquer que, des fois que je liaisonnerais plus épais à cette saison, c'est tout votre bâtiment qui dégoulinerait ce printemps.

L'autre fronce les sourcils et se gonfle les joues (une habitude qu'il a). Il fait :

— Toi, maçon, écoute plutôt ce que te dit le contremaître.

La liaison est peut-être bien trop mince. Et peut-être bien qu'on pourrait l'épaissir. Si seulement on vous faisait travailler humainement. Pas l'hiver. Faudrait, tout de même, plaindre aussi les gens. Le rendement, pour eux, ça chiffre. Mais allez expliquer ça à un homme qui ne se rend pas compte!

Der redescend en douce.

Turine lui crie depuis son mur :

— Et faites-moi réparer la sapine. Vous nous prenez pour des bourricots? Monter des briques à la main au premier étage...

— On te comptera la manutention, que répond Der — mais gentiment — en continuant sa descente.

— Comme brouettage? Prenez une brouette et essayez un peu de lui faire monter le plan incliné! C'est le bardage qu'il faut nous compter.

— J'ai rien contre, mais le bardage, les bureaux ne le comptabilisent pas.

— Les bureaux? J'ai toute une brigade mobilisée pour le service de quatre maçons. Ça me rapporte quoi?

Il crie, le brigadier, mais sans arrêter de maçonner. « Mortier! », qu'il crie. Et Choukhov répète : « Mortier! » A présent, tout est bien nivelé sur le troisième lit, et on peut y aller franc jeu pour le quatrième. Il faudrait, comme de règle, retendre la cordelle, mais on s'en passera. Pour ce coup-ci, on fera sans.

Der marche dans la neige, tout recroquevillé. Le bureau le réchauffera. Mais ce qu'il doit avoir eu les foies blancs... Tant pis! Il faut penser deux fois avant de se frotter le poil à un vieux loup comme Turine. Qu'est-ce qui l'empêche de vivre, d'abord, en bonne entente avec un brigadier pareil? Il n'a pas de soucis, on ne l'oblige pas à marner, il touche la haute ration, il a son box à soi. Il lui faut quoi encore? Faire le malin?

On est venu d'en bas expliquer que l'entrepreneur de l'électricité est reparti, et l'électricien avec : pas moyen de réparer la sapine.

Autrement dit : bourricotez.

Sur tous les chantiers tant qu'il en a vus, Choukhov, c'est toujours pareil avec les machines : quand ça ne se casse pas tout seul, c'est les *zeks* qui les cassent. Il se rappelle encore le coup du transporteur à grumes : on coinçait une brique dans la chaîne et on appuyait. C'était moyen d'avoir du répit. Parce qu'ils vous faisaient engager une grume après l'autre, qu'on n'avait même pas le temps de se dégourdir les reins.

« Des briques, des briques... », gueule le brigadier. Il ne se connaît plus. Les porteurs et ceux qui font la chaîne pour les briques, de quoi ils ne s'entendent pas traiter...

— Pavlo, qu'on crie d'en bas, il demande ce que vous avez besoin comme mortier.

— Tant que ça peut.

— Il y en a une demi-auge de prête.

— Gâchez-en encore une pleine.

Vous parlez si on maçonne! Au cinquième lit, qu'on en est. Au premier, il fallait se courber en deux pour la pose, et, à présent, regardez : ça arrive à la poitrine. C'est vrai qu'il y a de quoi faire vinaigre : ni portes ni fenêtres, deux murs pleins qui s'enchaînent d'équerre, et de la brique à tire-larigot. Ça serait une bonne chose de vérifier à la cordelle. Trop tard.

— La 82 est allée rendre ses outils, annonce Hoptchik.

Turine roule des yeux féroces :

— Mouche ton nez, morveux, et apporte des briques.

Choukhov lève un peu la tête. C'est vrai que le soleil se couche : tout rouge, dans un brouillard comme qui dirait pâlot. On était bien en train pourtant. On ne peut pas mieux. A présent que le cinquième lit est commencé, il faut le finir. Histoire de niveler.

Les porteurs, on dirait du cheval fourbu. Le commandant est gris cendre. Faut dire que, s'il n'a pas quarante ans, il n'en est guère loin.

Le thermomètre, sûr qu'il dégringole. On a beau travailler de ses mains, l'onglée vous pince au travers des mitaines. Et le froid crève la botte gauche. Choukhov fait top-top avec, pour se réchauffer le pied.

Plus besoin de se baisser pour maçonner, à présent. Mais pour prendre les briques et puis, encore, pour chaque truellée de mortier, qu'est-ce qu'on ne s'abîme pas les reins !

— Les gars, dites voir, les gars, qu'il serine, Choukhov, déposez-moi donc vos briques sur le mur. Montez-les-moi, que je vous dis, sur le mur.

Le commandant, il voudrait bien, mais il est claqué : manque d'habitude.

— Entendu, Ivan Dénissytch, que fait Aliocha. Montrez-moi seulement où je dois vous les mettre.

On peut lui demander ce qu'on veut, à Aliocha, jamais il ne dit non. Si tout le monde était pareil que lui, Choukhov ferait pareil. Quand ton prochain t'appelle, pourquoi ne pas lui rendre service ? C'est un de leurs commandements.

Les coups de marteau sur le rail s'entendent dans toute l'enceinte et jusqu'à la centrale : on débauche. Turine, pour le mortier, il a eu les yeux plus gros que le ventre.

— Envoyez le mortier! Envoyez le mortier! qu'il gueule.

En bas, on vient juste de corroyer une pleine auge : il faut continuer à maçonner. Ce mortier, si on ne s'en sert pas, l'auge, demain, ne sera plus bonne à offrir aux cochons. Le mortier aura pris. Même à la pioche, on n'arrivera pas à le casser. Ça sera de la vraie pierre.

Choukhov crie :

— Flanchez pas!

Kildigs a son air mauvais : il n'aime pas le branle-bas. [Chez eux, en Lettonie, paraît que tout le monde travaillait tranquille et que tout le monde était riche.] Pourtant, il en met un coup : le moyen de faire autrement?

Pavlo arrive d'en bas, attelé à un bard et une truelle à la main. Il va aussi maçonner. Ça fera cinq truelles.

A présent, il n'y a plus qu'à jointoyer. Choukhov repère à vue de nez ce qu'il faut de briques pour le raccord et passe le marteau à Aliocha :

— Taille bien, qu'il fait.

Vite et bien, ça n'existe pas. Du moment que les autres ne pensent qu'à faire vite, Choukhov ne se presse plus. Il regarde le mur. Il pousse Senka dans le flanc gauche et passe sur sa droite, du côté que les deux murs s'encoignent. A cause que, si ça n'est pas de niveau à présent, ou que l'angle ne tombe pas d'équerre, on est fichu : ça fera, demain, une demi-journée à bosser.

— Halte!

Il enlève sa brique à Pavlo, corrige soi-même et lorgne depuis l'encoignure. Chez Senka, le mur, comme qui dirait, décroche. Il y court et, avec deux briques, remet à l'alignement.

Le commandant colle à sa civière comme un bon vieux cheval de labour.

— Encore deux bardées!

Il va sur ses boulets, le commandant, mais il continue

à tirer sec dans les brancards. Autrefois, [avant les kolkhozes,] Choukhov a eu un cheval tout pareil. Il en prenait bien soin, mais, [passée aux mains d'autrui,] la pauvre bête a [vite] crevé. On l'a donnée à l'équarisseur.

Le haut du soleil aussi, s'en est allé de l'autre côté de la terre. Plus besoin de Hoptchik pour savoir. Les autres ont pas seulement rendu les outils : à présent toutes les brigades se ramènent en pagaille sur le poste de garde. (Sitôt après le signal, personne ne sort. Pas fous, non? Pour se geler? Un chacun reste donc à l'abri, tant que les brigadiers ne se font pas passer le mot, de sorte qu'à un moment tout le chantier ensemble s'épand dans la cour. Mais, une supposition que les brigadiers ne se mettraient point d'accord, les détenus, à cause que c'est une engeance salement cabocharde, ils feraient à qui se mussera plus longtemps que l'autre et, sur le coup de minuit, ils seraient encore dans leurs trous.)

Même Turine se rend compte qu'on s'est mis en retard, et que l'outilleur doit le traiter de jolis noms.

— Et crotte pour le crottin, qu'il crie. Porteurs, descendez curer l'auge, et balancez le mortier restant dans la fosse là-bas, avec de la neige par-dessus, manière que ça ne se voie pas. Pavlo, prends deux bonshommes, ramasse les outils et va les rendre. Sauf les trois truelles que je t'enverrai par Hoptchik, sitôt qu'on aura écopé le bard que voilà encore.

Ils ne se le sont pas laissé redire. Choukhov doit rendre son marteau. La cordelle est détachée. Passeurs et porteurs cavalent en bas, puisqu'on n'en a plus besoin en haut. Pour maçonner, il ne reste plus que Kildigs, Klevchine et Choukhov. Le brigadier va regarder combien on a posé de briques. Il a l'air content.

— C'est de la belle ouvrage, qu'il fait. En une demi-journée, sans sapine ni palan...

Choukhov regarde : il ne reste plus guère de mortier à Kildigs. Ça serait malheureux, quand même, qu'à l'outillage on dispute le brigadier à cause des truelles. Il a une idée :

— Écoutez voir, les gars, qu'il dit, rendez vos truelles à Hoptchik. La mienne, c'est pas besoin : elle fait point compte. Je vais finir la rangée à Kildigs.

Le brigadier se tord :

— Ta libé, toi, tu la verras jamais : la prison pleurerait bien trop ton départ.

Choukhov rigole aussi. Et maçonne.

Kildigs emporte les truelles. Senka passe les briques à Choukhov et lui verse dans sa caisse le mortier restant de Kildigs.

Hoptchik, en bas, tricote des gambettes pour rattraper Pavlo qui va à l'outillage. La 104 sort. Sans son brigadier. Le brigadier, c'est une puissance, mais l'escorte, c'est une puissance qui a encore plus de puissance : elle écrit le matricule des retardataires, et au trou !

Près du poste de garde, c'est inquiétant comme ça fourmille. Ils sont tous là. On dirait même que l'escorte aussi. Vont-ils déjà faire le compte?

(A la sortie, on compte deux fois : une première fois à porte fermée, pour savoir si on peut l'ouvrir : et une deuxième fois, la porte ouverte, quand la colonne passe. S'ils pensent s'être gourés, ils recommencent de l'autre côté.)

— Le mortier, fait le brigadier, on s'en tamponne le coquillard : balance-le par-dessus le mur !

— Trisse-toi, brigadier, que répond Choukhov. Tu fais plus besoin en bas.

(D'habitude, il l'appelle poliment « André Procofiévitch », seulement son travail les a mis, à présent, de pair à égal. Oh pas qu'il pense : « Maintenant je suis son égal. » Mais c'est des choses qui se sentent. De sorte qu'il se permet une plaisanterie pendant que le brigadier descend à double enjambée.)

— C'est-il pas, qu'il plaisante, une dégoûtation, des

journées de travail aussi courtes? Ils vous les coupent à peine qu'on a eu le temps de prendre goût à l'ouvrage.

Le voilà seul avec le sourd. Celui-là, on ne peut guère lui causer, et puis à quoi bon? C'est le plus capable de tous : il saisit n'importe quoi.

Floc, le mortier! Flac, la brique! Ajustée! Vérifiée! Floc! Flac! Floc! Flac! Floc! Flac!

Qu'est-ce qu'il disait donc le brigadier? De pas se faire du mauvais sang pour le mortier, de le balancer par-dessus le mur et de cavaler? Mais Choukhov est drôlement fait. Les camps n'ont pas pu le déshabituer de prendre la marchandise et le travail au sérieux. C'est pas choses à gaspiller.

— Du mortier! qu'il fait. Une brique! Du mortier! Une brique!

— Fini! gueule Senka. Le bonjour à ta petite sœur, et en route!

Il attrape le bard et se barre.

Mais Choukhov, en ce moment, l'escorte pourrait toujours lui lâcher ses chiens après. Il recule tout au bout du plancher et regarde : ça va. Il se met contre le mur et le regarde, d'abord à gauche et puis à droite : vrai, il a l'œil mieux qu'une équerre : c'est de niveau partout. La main n'est pas près de vieillir.

Il descend au galop.

Senka sort de la salle, grimpe la côte à toutes jambes et se retourne :

— Hé!

Choukhov lui fait signe :

— T'occupe pas : j'arrive!

Mais c'est au gâchoir qu'il va. Sa truelle, il ne peut pas quand même la laisser n'importe où. Peut-être que, demain, il n'ira pas au travail? Peut-être que leur brigade sera virée à la Cité du Socialisme? Peut-être qu'on ne reviendra pas ici de six mois? Et sa truelle?

Elle serait perdue? Tant qu'à marauder, faut marauder en conscience.

Tous les poêles sont éteints. Il fait noir. Ça fait peur. Et ce qui fait peur, c'est pas qu'il fasse noir, mais que tout le monde soit parti, et qu'il ne manque plus que toi au compte du poste de garde. L'escorte va faire du vilain.

Grouille-toi, mon ami. Heureusement que voilà, dans ce coin, une fameuse pierre. Il la retourne, glisse dessous sa truelle et rebouche la cachette. Ça y est!

Le tout, à présent, est de rattraper Senka. Mais l'autre n'a pas couru cent pas qu'il s'arrête. Jamais il ne vous laissera dans le malheur, Senka. Quand il y a à écoper, il écope avec vous.

Ils démarrent de front, le grand et le petit, parce que Senka, il fait au moins une tête et demie de plus que Choukhov. Même que la tête, il l'a drôlement forte.

Dire qu'il y a des feignants qui courent pour s'amuser dans les stades! Ce qu'il faudrait, c'est faire faire vinaigre à ces farceurs après une journée de travail, avec les reins encore perclus, des mitaines trempées, des *valienki* rapiécés et par froid de canard.

Ils soufflent comme chiens enragés, Choukhov et Klevchine. On n'entend plus que : « Hou! » « Hou! » « Hou! ».

Le brigadier est déjà au poste de garde : il va expliquer.

Eux deux courent droit sur le troupeau. Ça flanque la frousse.

Parce qu'il y a des centaines de clapoirs qui se sont mis à leur aboyer après, d'un seul coup, d'un seul, eux, leurs mères, leurs pères, leurs blairs et leur derrière aussi. Essayez de pas avoir la frousse quand un demi-millier de bonshommes se fâchent après vous!

Mais le principal, c'est comment l'escorte va prendre la chose.

Non : elle réagit pas, l'escorte. Du reste, le brigadier

s'est mis au dernier rang, signe qu'il a expliqué et pris sur soi la faute.

Mais ce qu'ils brament, les autres! Et ce qu'ils ne nous engueulent pas! Si fort, que Senka finit par entendre. Et, alors, le temps qu'il ait repris un peu haleine, qu'est-ce qu'il ne leur fait pas dégringoler dessus comme charretée de mots gentils! Il l'a bouclée toute son existence, mais il se rattrape, ce coup-ci. Et le poing levé. Il va sûrement rentrer dans le tas. Ça fait taire. Il y en a même qui se gondolent.

— Dites voir, la 104, faut plus nous raconter qu'il est dur de la feuille.

Tout le monde rigole. L'escorte aussi.

— Comptez-vous cinq.

Mais ils n'ouvrent pas la porte — c'est des gens qui n'ont même pas confiance en soi-même —, et ils font reculer. Faut dire que cette bande de tordus s'est collée aux battants, comme si ça les ferait ouvrir plus vite.

— Comptez-vous cinq!... Rang... un!... Rang... deux!... Rang... trois!...

Le rang qu'on appelle avance de deux petits mètres ou trois.

En attendant son tour, Choukhov aussi reprenait haleine, en regardant. Bon Dieu! La lune était déjà sortie toute, bien rouge, avec un air pas content. Elle commençait à s'ébrécher un peu, du reste. Hier, à la même heure, elle était beaucoup plus haut.

Il se sentait si content, Choukhov, que tout ait bien marché, qu'il bourra les côtes au commandant :

— Écoute voir, commandant, dans vos idées de science, où elles vont, les vieilles lunes?

— Où vont-elles? Tu ne sais donc pas qu'il y a une période où la lune n'est pas visible.

Choukhov secoue la tête en rigolant :

— Du moment qu'on ne la voit pas, comment tu sais, toi, qu'elle existe?

Il en a un coin bouché, le commandant :

— T'imaginerais-tu que, chaque mois, c'est une autre lune qui naît?

— Pourquoi pas? Les gens, il en naît bien tous les jours. Pourquoi, alors, il naîtrait pas une lune toutes les quatre semaines?

Il l'a sec, le commandant :

— Je n'ai jamais encore rencontré de matelot aussi cancre! qu'il fait. Où iraient-elles alors, tes vieilles lunes?

— C'est tout juste ce que je te demandais.

— Où vont-elles, à ton avis?

Choukhov soupire et, tout bas, à cause que c'est un secret :

— Chez nous, on dit que le bon Dieu les casse pour en fabriquer des étoiles.

Ce coup-ci, le commandant se tord :

— Sauvages! Je ne l'avais jamais entendue, celle-là. Est-ce que tu croirais en Dieu, Choukhov?

Choukhov a l'air estomaqué :

— Et alors? Essaye de pas y croire quand il y a du tonnerre.

— Mais pourquoi ferait-il cela, le bon Dieu?

— Il ferait quoi?

— Pourquoi casserait-il la lune pour en faire des étoiles?

Choukhov hausse les épaules.

— C'est pourtant pas sorcier. Les étoiles, il en tombe; faut bien les remplacer.

— Maniez-vous, enfants de putes! braille le sergent d'escorte. Comptez-vous cinq!

Ça arrive à eux. Le douzième rang de cinq de la quatrième centaine vient de passer. En queue, il n'y a plus que Bouynovski et Choukhov.

Les types de l'escorte s'agitent. Ils recomptent sur leurs planchettes. Manque quelqu'un! Il leur manque toujours quelqu'un. On leur a donc jamais appris à compter, [à ces vaches]?

Leur addition donne quatre cent soixante-deux : c'est quatre cent soixante-trois qu'il faudrait.

On fait encore reculer tout le monde, à cause que, de nouveau, tout le monde colle à la porte. Et ça recommence :

— Comptez-vous cinq! Rang... un! Rang... deux!

Ces comptes et recomptes, c'est d'autant plus un crève-cœur que ça n'est plus le temps de l'administration qu'on perd, mais le sien. Parce qu'il va encore falloir s'appuyer des kilomètres de steppe jusqu'au camp et puis, devant le camp, et puis, encore, s'appuyer la fouille. De sorte que tous les chantiers font la course à qui arrivera premier à la fouille, c'est-à-dire à qui rentrera au camp avant les autres. C'est que le chantier rentré premier, il est roi : le réfectoire n'attend que lui, il sera premier pour toucher ses colis, premier pour les remettre à la consigne ou à la cuisine spéciale, premier à toucher son courrier aux Loisirs Culturels ou bien à y faire censurer ses lettres, premier à l'infirmerie, chez le coiffeur, aux bains, premier partout!

Ça arrive aussi que l'escorte soit pressée de nous livrer à destination, histoire de rentrer chez soi, au camp. Le soldat ça n'est pas non plus très libre : ça a pas mal à faire et guère de temps à soi.

Seulement voilà : ils ne se retrouvent pas dans leurs comptes.

Au moment où on arrivait aux derniers rangs, Choukhov crut bien que, ce coup-ci, en queue, ils seraient trois. Mais ils n'étaient toujours que deux.

Les aboyeurs rappliquent tous sur le chef d'escorte, avec leurs planchettes. Et ça discute.

— Le brigadier de la 104! crie le chef d'escorte.

Turine avance d'un demi-pas :

— Présent.

— Tu n'as laissé personne à la centrale? Réfléchis bien.

— Personne.

— Réfléchis ou je te coupe la tête!

— Personne que je vous dis.

Seulement il regarde Pavlo de coin : quelqu'un pourrait bien roupiller dans le gâchoir.

— Rassemblement par brigades! gueule le chef d'escorte.

Or on était par rangs de cinq, n'importe avec qui. A présent, ça se bouscule. A un endroit, on crie : « La 76, à moi! » A un autre : « La 13, arrive ici! » A un autre : « La 32, rassemblement! »

La 104, comme elle se trouvait en queue, c'est en queue qu'elle se rassembla. Et tous avaient les mains vides. A force de travailler, pauvres godiches, ils n'avaient même pas ramassé du bois sauf deux qui tenaient de tout petits fagots.

Ce jeu-là, on y joue tous les jours : avant le signal du débauchage, la main-d'œuvre pique tous les copeaux, chaque bout de bois, même les échardes, on les fagote avec un bout de ficelle ou une cordelette en chiffon, et on les emporte. La fouille commence devant le poste de garde. Dès qu'on aperçoit l'entrepreneur ou un de ses contremaîtres, c'est connu qu'ils vont donner ordre de tout lâcher par terre. Vu qu'ils gaspillent des millions, faut bien qu'ils économisent sur quelque chose! Seulement, la main-d'œuvre aussi a sa petite idée : suffit que chacun rapporte un bout de bois, et on aura plus chaud dans la baraque, à cause que les cinq kilos de poussier par poêle que touchent les dortoiriers, ça ne donne pas de chaleur. On s'arrange donc pour casser le bois le plus petit possible, histoire de le cacher sous le caban, et l'entrepreneur est possédé.

L'escorte, elle, en tout cas, au chantier, jamais elle ne vous ordonne de jeter votre bois. Elle en a bien trop besoin pour soi, et elle ne peut pas en emporter, d'abord à cause du respect de l'uniforme, et puis à cause que leurs mains sont occupées par les mitraillettes, manière de pouvoir nous tirer dessus. Seulement, dès qu'elle nous a ramenés devant le camp, elle gueule : « De tel rang à tel rang, déposez le bois ici. » Pour ça, au fond, ils sont accommodants comme le bon Dieu : le bois, il en faut aussi laisser pour les surveillants, et il faut qu'il en reste encore pour les *zeks;* autrement, ils cesseraient d'en rapporter.

De sorte que, chaque soir, chaque *zek* rapporte du bois sans jamais savoir s'il le rapportera jusqu'au bout ou s'il se le fera piquer.

Le temps que Choukhov furetait des deux yeux pour voir s'il n'y avait point par terre quelque broutille à ramasser, le brigadier avait déjà fait ses calculs, et il rendait compte au chef d'escorte :

— La 104, manque personne.

César aussi avait rejoint depuis son bureau. Il attisait à petites bouffées le feu rouge de sa pipe, et du givre pendillait à sa moustache noire.

— Ça va, commandant? qu'il fait.

Autant causer pour ne rien dire, quand l'un sort du chaud et l'autre a gelé tout le jour.

Le commandant hausse les épaules :

— Pas fort. J'ai travaillé à m'en faire mal aux reins.

Ce César pourrait tout de même avoir de l'idée, et donner à fumer au commandant!

Du reste, c'est ce qu'il fait. Dans la brigade, il ne fréquente que Bouynovski, n'ayant trouvé, chez nous, personne d'autre pour se déboutonner l'âme.

— Manque quelqu'un à la 32! qu'on crie. C'est à la 32 qu'il y a un manquant!

Le sous-brigadier de la 32 cavale. Un gars part avec lui. Ils filent du côté des ateliers de réparations.

— Qui c'est? Qui c'est? qu'on demande.

On se passe la nouvelle, et elle arrive jusqu'à Choukhov : il manque un Moldave, un petit noiraud. Quel Moldave? Ça ne serait pas le Moldave qui a été, qu'on dit, espion des Roumains, espion pour de vrai?

Des espions, il y en a bien une demi-douzaine par brigade. Mais c'est du fabriqué, de l'espion-bidon. Dans les dossiers, tous ceux qui ont été prisonniers, on les marque espions. Espions comme Choukhov.

Le Moldave, lui, c'est un vrai.

Le chef d'escorte, rien que d'avoir regardé sa liste, il a tout noirci : des fois qu'un espion aurait fait la belle, c'est pas beau ce qu'on lui ferait, à lui.

Les autres — et Choukhov aussi — la moutarde leur grimpe au nez. En voilà, un fumier, une charogne, un dégueulasse, un vomi, un malpropre! Le ciel est tout noir, il n'y a plus que la lune qui éclaire, les étoiles sortent, le froid se ramasse pour la nuit, et il faut encore que cette pâle crotte manque à l'appel. T'as pas assez bossé, ordure? Ça te suffit pas d'onze heures, de la nuit à la nuit? Le procureur te payera une rallonge, sois tranquille!

Même Choukhov, ça l'épate qu'on puisse marner au point de pas entendre le signal.

Il est oublieux : c'est comme ça qu'il travaillait tout à l'heure : ça lui faisait deuil que le rassemblement soit si tôt. Seulement, à présent, gelé jusqu'à l'os, il devient mauvais. S'il faut encore poireauter une demi-heure à cause du Moldave, suffira que l'escorte le livre aux *zeks :* ils n'en feront qu'une bouchée.

Le froid mord salement. Tout le monde essaye de remuer. On bat la semelle, ou on fait deux pas, et puis autant à reculons.

En discutant le coup. Est-ce qu'il a vraiment pu s'évader, le Moldave? S'il l'a fait de jour, ça peut aller. Mais s'il s'est planqué, s'il attend que les sentinelles décrochent des miradors, il se goure. Du moment qu'il n'aura pas laissé de traces en rampant sous les barbelés, on le cherchera au besoin trois jours au-dedans de l'enceinte. Et, trois jours d'affilée, les perroquets ne descendront pas de leurs perchoirs. Même une semaine. C'est leur règlement. Les anciens le savent. Du reste, quand il y a une évasion, c'est fini de rire pour l'escorte. Et de manger. Et de dormir. A force qu'on lui empoisonne l'existence, c'est même arrivé qu'elle ne ramène pas le type vivant : [elle le flingue].

César, il tient la jambe au commandant :

— Vous vous rappelez le lorgnon du médecin qui reste accroché à la rambarde?

— Euh, oui... fait le commandant qui fume.

— Et la voiture d'enfant roulant sur l'escalier d'Odessa?

— Oui... Mais les scènes de bord sont factices.

— C'est que, voyez-vous, les techniques modernes de tournage nous ont gâtés...

[— Tous les officiers sont représentés comme des canailles.

— Historiquement, c'est vrai!

— Et qui donc menait les équipages au combat?] Tenez, encore, les vers qui grouillent sur la viande avariée, ce sont des vers de pluie. C'est invraisemblable.

— Le cinéma exige une optique grossissante...

— Au camp, si on nous donnait la même viande au lieu de poissons [dégueulasses], et qu'on la mette à cuire, sans la laver ni la racler, je sais bien que...

— Hou!... Hou!... Hou!...

C'est les *zeks* qui ont braillé tous : ils viennent de repérer trois silhouettes sortant des ateliers, signe qu'on a retrouvé le Moldave.

Ils recommencent :

— Hou!... Hou!... Hou!...

Les autres approchent. On change de musique.

— Enfoiré! Vermine! Gueule de raie! Dégoûtant! Paillasse! Kadjo!

Choukhov crie comme les autres :

— Malpropre!

Sans blague? Plus d'une demi-heure que cet individu vient de faire perdre à cinq cents personnes!

Il court, la tête dans les épaules, comme un petit de souris.

— Halte! gueule le sergent d'escorte.

Il inscrit sur la planchette « *K-460* ».

— Où étais-tu?

Et il s'amène, la crosse en avant.

Sur les rangs, ça continue :

— Lopette! Glaviot! Loumi!

Sitôt que le sergent a pris sa carabine par le canon, les autres l'ont bouclée.

Le Moldave la boucle aussi. Il baisse la tête encore plus et tâche de se garer. Le sous-brigadier de la 32 se met devant lui :

— Cette ordure, qu'il fait, il avait grimpé sur un tréteau de plâtrier pour que je le voie pas, et, au chaud, il s'est endormi.

Là-dessus, il commence à cogner. Pan sur le crâne! Vlan dans le quiqui!

Mais ça écarte le sergent.

Il tremble sur ses fumerons, le Moldave. Le Hongrois de la 32 [— les Hongrois n'aiment pas les Roumains —] lui rentre à coups de pied dans le derrière.

Déguste, mon ami. L'espionnage et ici, ça fait deux. L'espionnage, ça demande pas d'intelligence. C'est la belle vie, un métier pas salissant. Mais essaye un peu de tirer dix ans aux travaux de force dans un bagne!

Le sergent rabaisse sa carabine.

Le chef d'escorte brame :

— Dégagez les portes... Comptez-vous cinq...

Quelles vaches : ils vont recompter! Recompter pour

quoi? Maintenant, c'est pourtant clair. Sur les rangs, ça gronde. On en voulait au Moldave. A présent, on en veut à l'escorte. Ça gronde, et on ne dégage pas. Le chef d'escorte aboie :

— De quoi? Vous voulez que je vous fasse asseoir dans la neige? Ça ne va pas tarder, mes bonshommes. Et je vous y laisserai jusqu'au matin.

Il en est bien capable. Asseoir les gens dans la neige, ils l'ont fait qui sait des fois. Et même les y coucher. « Allongez-vous! » qu'ils gueulent. Et à la garde : « Enlevez le cran de sûreté! » C'est des choses qu'on a vues. Les *zeks* le savent. Alors, gentiment, ils commencent à reculer.

Le chef d'escorte veut presser le mouvement :

— Dégagez, dégagez! qu'il fait.

Les rangs de derrière, qui retraitent sous la poussée, se fâchent contre les rangs de devant :

— C'est vrai : pourquoi vous vous collez tous contre les battants, andouilles?

— Comptez-vous cinq! Rang... un!... Rang... deux!... Rang... trois!...

La lune, à présent, éclaire tant qu'elle peut, si claire qu'elle n'a plus une goutte de rouge. Elle a monté d'un bon quart. Fichue, la soirée! Salaud de Moldave! Salope d'escorte! Saloperie d'existence!

Les hommes de tête, après qu'on les a eu comptés, se retournent sur la pointe des bottes, pour voir si, au dernier rang, on est trois ou bien deux. C'est comme qui dirait question de vie ou de mort.

Or, Choukhov venait de se compter quatre, à ce dernier rang qui était le sien, et il en avait des sueurs : un homme de trop! Ils allaient recommencer! C'était ce chacal de Fétioukov : pour mendigoter le mégot du commandant, il avait déboité de son rang à lui, de sorte que, maintenant, il était en surplus.

De colère, le sous-chef d'escorte l'a calotté.

Bien fait!

Après ça, au dernier rang, ils ne sont plus que trois. Le compte est juste. Merci, mon Dieu.

— Dégagez la porte.

C'est toujours le chef d'escorte qui braille mais, ce coup-ci, les *zeks* ne grognent plus : l'escorte est sortie au complet du poste de garde pour aller se déployer de l'autre côté de l'enceinte. Signe qu'on va laisser sortir.

Pas de contremaîtres en vue ni, non plus, l'entrepreneur. On emportera donc son bois.

Les battants s'écartent. De l'autre côté, près des poutres formant barrière, le chef d'escorte et le contrôleur remettent ça :

— Rang... un!... Rang... deux!... Rang... trois!...

S'ils se retrouvent finalement dans leur addition, les perroquets vont descendre.

Mais qu'est-ce qu'ils n'ont pas comme terrain à traverser, les perroquets, depuis les miradors du bout! Or c'est seulement après que le dernier *zek* a quitté l'enceinte — et si le compte est bon — qu'on téléphone à tous les perchoirs pour que les sentinelles rappliquent. Quand le chef d'escorte est intelligent, il fait faire tout de suite « En avant... marche! » à la colonne : c'est évident que les *zeks* n'ont pas moyen de s'évader et que les perroquets nous rattraperont. Mais pour peu qu'il soit bête, le chef d'escorte, il aura peur que son armée lui suffise pas contre nous. Et il attend.

C'est un cornichon dans ce genre, le chef d'escorte d'aujourd'hui : il attend.

Toute une journée au froid, il y a déjà de quoi attraper la crève. Alors, rester debout une heure encore, à se morfondre après la fin des travaux, vous parlez! Ça n'est pourtant pas tellement le froid qui pince les *zeks*, mais la rage : une soirée de fichue! Au camp, on ne pourra plus s'occuper de ses affaires...

Dans le rang, devant Choukhov, quelqu'un demande :

— Comment connaissez-vous si bien les usages de la flotte britannique?

— J'ai passé, voyez-vous, presque un mois entier à bord d'un croiseur anglais. J'y avais ma cabine, comme officier de liaison : j'accompagnais un convoi.

[— Évidemment! C'en était assez pour vous valoir vingt-cinq ans.

— Je ne partage pas, voyez-vous, cette manie qu'ont les libéraux de tout critiquer. J'ai meilleure opinion de nos lois.

Cause toujours, pense Choukhov à part soi et sans mouffeter. Senka Klevchine, s'il a attrapé vingt-cinq ans pour avoir passé quarante-huit heures avec les Américains, toi qui es resté un mois sur leurs bateaux, combien qu'il aurait fallu te donner?]

— Seulement, après la guerre, ce bougre d'amiral anglais m'a envoyé un cadeau-souvenir avec : *En témoignage de gratitude.* Je ne comprends pas, et je ne lui pardonne pas (1)...

On voit de drôles de choses. Vraiment de drôles de choses, à les regarder un peu. Cette steppe, sans rien, ce chantier sans personne, la neige au clair de lune, les types de l'escorte qui prennent leur dispositif (à dix pas l'un de l'autre, arme braquée), des cabans noirs en pagaille, et, avec le même caban sur le dos, un gars matriculé *CH-311,* un qui se croyait pour la vie avec des dorures aux épaules, un qui avait fréquenté de l'amiral angliche, et puis, à présent qui coltine du mortier avec Fétioukov...

L'homme, finalement, ça se tourne, et ça se retourne.

Tout de même! L'escorte a fini de se mettre en place. Aujourd'hui, c'est sans prière du soir :

— En avant... marche. Et que ça saute!

(1) Dans l'édition de 1962, Bouynovski ajoute : « *On m'a mis dans le même sac que les autres, et se retrouver au bagne en compagnie des gens de Bandera, il y a plus gai.* »

On va vous en donner, des « que ça saute! » Du moment qu'on est derniers de tous les autres chantiers, inutile de se grouiller. Les *zeks* n'ont pas eu besoin de se passer le mot. Vous nous avez retardés, qu'ils pensent, c'est nous qu'on va vous retarder, des fois que vous seriez pressés de vous dégourdir les panards.

— Allongez le pas! gueule le chef d'escorte. Tête de colonne, allongez le pas!

On va vous en donner aussi des « allongez le pas! » Les *zeks* avancent mollo-mollo en courbant la cabêche, plus funérailles que jamais. Qu'est-ce qu'on a à perdre, à présent qu'on arrivera au camp après tout le monde? Vous nous avez traités comme des chiens? Vous pouvez toujours, maintenant vous fatiguer le sifflet.

Après qu'il a eu filé deux ou trois coups de son « allongez le pas! », le chef d'escorte a fini par se rendre compte qu'on ne marcherait pas plus vite. Et, vu qu'on restait en rangs, cinq par cinq, sans rien qui flotte sur la colonne, il n'y avait même pas possibilité de nous tirer dessus. Faire accélérer les *zeks,* du reste, ça dépasse les moyens d'un chef d'escorte. Le matin, c'est même la seule chose qui les sauve, de pas se presser quand ils vont au boulot. Parce que celui qui se presserait, il ne vivrait pas jusqu'au bout de sa peine : à trop suer, il tomberait fourbu.

Donc ça marchait, posément, bien en ordre, en faisant gentiment craquer la neige. Il y en avait qui causaient bas, et d'autres pas. Choukhov, lui, cherchait dans le fond de sa mémoire ce qu'il n'avait pas réussi à faire, le matin, au camp, et il se rappela : l'infirmerie! Le drôle, c'est qu'en travaillant, il l'avait complètement oubliée, l'infirmerie.

A présent, c'est juste l'heure de la visite. Il aurait encore le temps. A condition de ne pas dîner. Et puis, on dirait que les courbatures ont passé. Est-ce que seulement le thermomètre lui trouvera de la fièvre? Inutile de perdre sa peine. Choukhov a réchappé sans docteurs. Heureusement, vu qu'avec les docteurs qu'on a, c'est le paletot de sapin garanti.

Son rêve, maintenant, ça n'est plus l'infirmerie, mais comment rabioter à dîner. Il y a un espoir un seul : si César recevait un colis. Depuis qu'il l'attend...

Sur les rangs, il avait dû arriver quelque chose : ça bougeait, ça déboîtait, ça déraillait, ça bruitait. En queue, où était Choukhov, pour rattraper ceux de devant, il ne fallait plus seulement avancer mais courir, et recommencer à peine qu'on les avait rattrapés.

Choukhov comprit pourquoi aussitôt que les rangs de queue eurent débouché en haut de la côte : loin sur la droite, dans la steppe, il y avait une autre colonne en noir qui marchait de biais sur la nôtre et, faut croire qu'elle nous avait vus, parce qu'elle aussi en mettait un coup.

Comme elle faisait bien dans les trois cents hommes, ça pouvait être seulement la colonne des Constructions Mécaniques. Donc eux aussi avaient eu le guignon : on les avait retardés. Seulement, eux, à cause de quoi? Ça arrive qu'on les retarde au travail pour une machine à réparer. Tu parles! Toute la journée, ils restent au chaud.

A présent, c'est à qui arrivera premier. Chez nous, il y a pas de question : on détale. L'escorte prend le trot. Le chef lance de petits coups de gueule :

— Gardez vos distances... Suivez derrière... Serrez les files...

Qu'est-ce qu'il a à japper, ce tordu? On les serre pas, tes files?

Ce qu'on disait, avant, et à quoi on pensait, c'est oublié. D'un bout de la colonne à l'autre, il n'y a plus qu'une idée :

— Coursons-les! Grattons-les!

Et cette idée, ça emmêle tout, qu'on reconnaît plus le

miel du fiel. L'escorte n'est plus l'ennemi : c'est des copains. L'ennemi, c'est l'autre colonne.

Finie la colère : ils sont tout gais, les *zeks :*

— Pressez! Pressez! qu'ils gueulent des rangs de queue à ceux de tête.

Notre colonne à nous vient de s'engouler dans la rue. Les Méca, on ne les voit plus : les maisons les cachent. La course continue à l'aveugle.

Une chaussée de rue, c'est plus commode aux pieds. Et les flancs-gardes aussi risquent moins de buter. Sur bon terrain, nous devons gagner.

Et nous devons encore gagner pour une autre raison : parce que la fouille des Méca, c'est spécial, et ça prend du temps. Depuis la fois qu'on a commencé à saigner les moutons, les chefs ont dans l'idée que les couteaux se fabriquent aux Constructions mécaniques, et qu'on les amène de là. Ce qui fait qu'à l'entrée du camp, les Méca se font soigner. Tard en automne, quand la terre était déjà drôlement froide, on leur criait : « Déchaussez-vous! Les brodequins à la main, tout le monde! » et il fallait passer pieds nus à la fouille.

A présent, qu'il gèle ou pas, les surveillants pointent l'index au petit bonheur la chance : « Toi, enlève ta botte droite, et toi, fais voir ta botte gauche. » Le *zek* se déchausse et, dansant sur un pied, il doit retourner sa botte et secouer sa chaussette, histoire de bien montrer qu'il n'a pas de couteau.

Choukhov a même entendu dire (seulement faudrait savoir si c'est la vérité ou pas) que, cet été, les Méca ont rentré dans le camp deux poteaux de volley-ball dont le dedans était farci de couteaux : une dizaine dans chaque poteau, et des longs. On en retrouve encore, un jour ici et un jour là.

Au pas de gymnastique, on a dépassé le club, les maisons, la charpenterie, et on déboule, au tournant, en vue du poste de garde.

— Hou... Hou... Hou... qu'on fait en chœur sur les rangs.

Ce carrefour, c'est notre ligne d'arrivée. Les Méca restent à cent cinquante mètres sur la droite.

Maintenant, allons-y mou. On est tous bien contents. Contentement de lièvre qu'a fait peur aux grenouilles.

Voilà le camp. Tout pareil qu'on l'avait laissé le matin : en plein dans la nuit, avec les phares braqués dedans depuis l'enceinte et qui font tellement de lumière devant le poste de garde que la placette pour la fouille a l'air en plein soleil.

On ne l'a pas encore atteint, le poste de garde, que le sous-chef d'escorte gueule :

— Halte!

Il passe sa mitraillette à un soldat (ça leur est interdit de s'approcher de nous avec leur outil) et se ramène sur la colonne :

— La file de droite, qu'il fait, ceux qui ont du bois de chauffage, jetez-le à droite.

Comme on porte les fagots apparents, lui les voit tous. Un fagot vole, un second, un troisième. Des types essayent de camoufler le leur à main gauche. Les voisins se fâchent :

— Jette-les : à cause de toi, on va nous enlever les nôtres.

Le vrai ennemi du prisonnier, c'est le prisonnier son frère. Si les *zeks* n'étaient pas des chiens entre soi... [Eh bien, les chefs, ils ne seraient plus de force à les commander.]

— ... marche! qu'il crie, le sous-chef d'escorte.

On arrive au poste de garde.

Le poste, cinq routes y mènent. Une heure avant, elles fourmillaient de *zeks*. Le jour qu'on les bâtira en rues, l'endroit du poste et de la fouille deviendra la grand-place. Et de la même façon qu'à présent les colonnes de *zeks* qui rappliquent du boulot, c'est là que les cortèges se rencontreront pour les fêtes.

Les surveillants, bien réchauffés au corps de garde, sortent et barrent la route :

— Déboutonnez les cabans! Déboutonnez les vestes!

Ils écartent les bras, à croire qu'ils veulent vous bécoter, et ils nous tapotent dans les côtes. Pareil que le matin, au fond.

Sauf qu'à présent, c'est pas terrible de se déboutonner, puisqu'on rentre chez soi.

Chez soi... Comme on dit tous!

L'autre chez-soi, pendant la journée on n'a pas le temps de se le rappeler.

Au moment qu'on commençait à fouiller la tête de colonne, Choukhov se rapprocha de César.

— César Marcovitch, qu'il dit, après la fouille, j'irai retenir votre tour au bureau des colis.

César tourna ses moustaches noir charbon qui avaient du blanc par-dessous.

— A quoi bon, Ivan Dénissytch? Je n'aurai peut-être pas de colis.

— Et puis? Ça me fera point tort. J'attends dix minutes, et si vous venez pas, je rentre.

(Mais il pense, Choukhov : si pas César, un autre viendra peut-être, à qui il pourra revendre sa place.)

César, faut croire qu'il se languit après son colis :

— D'accord, qu'il fait, Ivan Dénissytch. Mais tu ne m'attends pas plus de dix minutes.

C'est quasiment pour tout de suite, la fouille. Choukhov, ce soir, n'a rien à cacher. Il avance, bien rassuré, déboutonne tranquillement son caban, et écarte les pans de la veste sous la ceinture.

Mais il a beau savoir qu'il n'a rien d'interdit sur soi, huit ans de camp l'ont habitué à se méfier. Tout sûr qu'il est, il plonge la main dans la poche qu'il a au genou de sa culotte, histoire de vérifier si c'est bien vide.

Or ça ne l'est pas. Il y a une lame. Un bout de lame. Le bout de lame de scie ramassé par prévoyance, au chantier, et qu'il n'avait pas du tout projet de ramener dans le camp.

Projet ou pas, il l'a ramené, et ça serait trop crève-cœur de le jeter, à présent. Bien limé, ça fera un petit couteau si joli, peut-être un tranchet, ou un coupoir de tailleur.

Mais s'il avait formé projet de le ramener, il aurait réfléchi à le cacher et comment. Or, maintenant, il ne reste que deux rangs devant lui, dont le premier sort déjà de la colonne pour passer à la fouille.

Faut décider plus vite que le vent : se musser derrière les dos de devant et laisser tomber en douce dans la neige (où on retrouvera le bout de scie, mais allez savoir de qui il vient!) ou le garder.

Le garder, si c'est reconnu couteau, ça peut aller chercher dans les dix jours de cachot.

Mais un tranchet, c'est du pain pur gain.

Ça serait crève-cœur de le jeter.

Choukhov le glisse dans l'ouate de sa mitaine.

Juste au moment où on dit au rang d'avant de passer à la fouille.

Il ne reste plus que les trois derniers sous la grande lumière : Senka, Choukhov et le gars de la brigade 32 qui a aidé à retrouver le Moldave.

Et, pour ce qu'il n'en reste plus que trois, alors que les surveillants qui leur font face sont cinq, il y a moyen de moyenner. Choukhov a le choix d'aller à l'un ou l'autre des deux surveillants de droite : un jeune rougeaud et un vieux à moustache grise. Il choisit le vieux. Ce vieux la connaît dans les coins, pour sûr, et il trouvera, s'il a envie de chercher, mais, comme c'est un vieux, le service de place doit lui galoper sur la patate.

Pendant ce temps-là, ses deux gants (celui où il y avait la lame et celui où il n'y avait rien), Choukhov se les était enlevés et les avait pris dans sa main gauche (le gant sans rien présenté devant) avec la ficelle-ceinture. De la droite, il se déboutonnait la veste du haut en bas, relevait, bien serviable, les pans de la veste et du caban (à la fouille, on l'avait jamais vu si complaisant mais, ce jour-là, il tenait à se montrer franc comme l'or et voyez-comme-nous-sommes). Et, au commandement, il s'approcha du vieux à moustache.

Lequel lui tâta les flancs, le dos, palpa par-dessus la poche-genouillère (rien...), chiffonna les pans de la veste et du caban (toujours rien...) et, au moment de la relâcher, par acquit de conscience, tripota la mitaine qu'on lui présentait, celle où il n'y avait encore rien.

Le surveillant lui tripotait donc sa mitaine et c'était comme si des tenailles farfouillaient le dedans à Choukhov. Parce qu'au premier coup de tâtoir à l'autre gant, il était bon pour le mitard, trois cents grammes de pain quotidien, et une soupe tous les trois jours. La suite, il se la représentait très bien : affaibli comme il en sortirait, il aurait du mal à retrouver son nerf, sa condition ni gavée ni affamée d'à présent.

Tout chaud, tout bouillant, il se mit à prier le bon Dieu en dedans : « Seigneur, qu'il faisait, sauvez-moi ! Ne m'envoyez pas au trou, Seigneur ! »

Et tout ça lui défilait dans la tête, le temps que le sergent finisse de palper la première mitaine et puis glisse la main pour palper de même la seconde (il l'aurait fait d'un seul coup, à deux mains, si Choukhov avait tenu un gant dans chaque main, au lieu de les avoir, les deux, dans une), mais, juste à ce moment le chef de fouille, pressé d'être plus vite tranquille, cria à l'escorte :

— Amène les Méca !

De sorte que le moustachu, au lieu de s'occuper de l'autre mitaine, leva la main pour dire : « Tire-toi ! » et laissa passer Choukhov.

Qui rejoignit les autres en courant.

Les autres s'étaient déjà rangés par cinq entre les deux rampes en solives (le genre des barrières de marché pour attacher les chevaux), qui faisaient, comme qui dirait, parcage pour la colonne. Et il gambadait, Choukhov, si léger qu'il ne croyait pas toucher terre. Même qu'il ne recommença pas à prier pour dire merci, à cause, d'abord, qu'il n'avait plus le temps et, aussi, vu que ça ne servait plus à rien.

L'escorte qui avait amené leur colonne s'était écartée pour laisser la place à l'escorte des Méca. En attendant son chef, elle ramassait le bois qu'on avait jeté avant la fouille, le bois que les surveillants avaient confisqué pendant la fouille étant déjà rassemblé en tas près du corps de garde.

La lune n'arrêtait pas de grimper, ça faisait la nuit quasiment blanche, et le froid s'y installait.

Le chef d'escorte, entré au poste de garde pour se faire remettre quittance de ses quatre cent soixante-trois têtes, causait avec Priakha, l'adjoint de Volkovoï.

— *K-460!* cria Priakha.

Le Moldave, qui se recroquevillait au mitan de la colonne, lâcha un soupir, sortit des rangs et alla à la barrière de droite. Il avait toujours la tête rentrée dans les épaules et qui penchait.

— Arrive ici! que lui dit Priakha, en lui montrant par où faire le tour de la barrière.

Le Moldave passa de l'autre côté. On lui ordonna de mettre les mains derrière le dos et d'attendre.

Signe qu'ils lui mitonnaient une tentative d'évasion : il logerait au *BOUR*.

Avant que la colonne arrive à la porte, deux gardiens se plantèrent à droite et à gauche du parc, les battants, qui faisaient bien trois fois la taille d'un homme, s'écartèrent sans se presser, et quelqu'un commanda :

— Comptez-vous cinq! (« Dégagez la porte! » ici, c'est pas nécessaire, à cause qu'elle s'ouvre toujours sur l'intérieur de l'enceinte, de sorte qu'au cas où les *zeks* du dedans, et en y allant en masse, appuieraient dessus, elle ne se laisserait pas forcer)... Rang... un!... Rang... deux!... Rang... trois!...

Pendant ce recompte du retour, le soir, à la porte du camp, après une journée au vent, au froid et le ventre affamé, le *zek* ne pense qu'à une chose : à sa louchée de soupe à l'eau qui brûle. Il l'attend comme la terre espère la pluie par les étés de sécheresse. Il la lamperait d'une goulée. Cette louchée, à pareille heure, il y tient plus qu'à la liberté, plus qu'à la vie, à toute sa vie d'avant et à toute celle d'après.

Au moment qu'il passe la porte du camp, le *zek*, c'est le soldat qui rentre de campagne : ça gueule, ça galipette, ça souffle le feu de Dieu, et vaut mieux pas se mettre sur son chemin.

Rien que de regarder cette inondation qui s'engoule, le planqué de la baraque d'administration tremble de malepeur.

A présent, après ce recompte, pour la première fois depuis qu'à six heures et demie du matin on a sonné le rassemblement, le *zek* redevient un homme libre. Passé la grande porte de l'enceinte, passé la petite porte du chemin de ronde, et passé encore l'enclos de la place d'appel, va où tu veux.

Va où tu veux, sauf que le répartiteur cueille les brigadiers au passage :

— A la *P.P.T.*, vous autres!

Le long du *BOUR* et par l'allée des baraques, Choukhov cavala au bureau des colis, pendant que César cheminait, très digne, de l'autre côté, où, déjà, ça grouillait drôlement autour d'un poteau sur quoi il y avait clouée une feuille de contreplaqué avec, au crayon-encre, les bénéficiaires de colis.

Pour écrire, au camp, on ne se sert pas tant du papier que du bois. C'est plus dur et plus sûr. Les surveillants et les répartiteurs, c'est sur bois qu'ils comptent les têtes. Le lendemain, on gratte et on recommence : ça économise.

Pour ceux qui restent au camp, ce poteau, c'est encore une occasion de débrouille : quand ils ont lu un numéro sur la planche, ils attendent le gars au bout de la place d'appel et lui annoncent de suite la chose. Ça rapporte ce que ça rapporte, mais, tout de même, une cigarette.

Choukhov arriva, tout courant, au bureau des colis. C'est une aile rajoutée à une baraque, et on y a encore rajouté un tambour d'entrée, mais sans porte à l'entrée, de sorte que le vent aussi entre comme chez soi, mais ça vous fait tout de même un abri.

La file suivait le coude des murs. Choukhov prit son tour. Une quinzaine de types étaient avant lui. Ce qui représentait plus d'une heure, le temps, tout juste, que sonne la retraite. Ceux du chantier qui étaient allés regarder la liste passeraient après, et tous les Méca aussi. Même qu'eux, ils devraient, probable, repasser le lendemain tôt.

Les gens font la queue avec des musettes et des sacs. Dans le bureau (c'est des choses que Choukhov connaît pour ce qu'on lui en a dit : dans ce camp-ci, il n'a jamais eu de colis), donc, dans le bureau, on ouvre votre caisse à la hache, le surveillant de service en retire tout et il vérifie : il coupe, il casse, il palpe ou il renverse. Si c'est du liquide en bocaux ou en boîtes, il les ouvre et il les vide. Au besoin dans le creux de votre main ou dans une serviette roulée en cornet, mais boîtes ou bocaux, on ne vous les laissera pas : ils ont bien trop peur. Quand vous recevez du gâteau, de la sucrerie bien mirobolante, du saucisson ou, encore, du poisson fumé, le surveillant goûte. (Et pas de rouscaille, s'il vous plaît : on vous rebéquera de suite que cet article-ci, c'est interdit, que cet autre est pas prévu, et vous toucherez peau de navet.) Qui reçoit des colis doit donner et donner et donner : le surveillant c'est seulement un début. La fouille terminée, ne comptez pas non plus avoir la caisse : fourrez vos cadeaux dans une musette, au besoin dans un pan de caban, et trissez-vous, au suivant ! Il y en a qu'on presse tellement qu'ils en oublient de la marchandise au guichet. Inutile de repasser : c'est envolé.

Du temps d'Oust-Ijma, Choukhov avait reçu des colis. Deux fois. Mais lui, par lettre, avait bien expliqué à sa femme que ça servait à rien, donc qu'elle n'en envoie plus, histoire de ne pas retirer aux gosses le pain de la bouche.

En liberté, bien sûr, Choukhov se donnait moins de mal à nourrir toute une famille qu'ici à se nourrir tout seul. Mais il savait ce que ça coûte, ces colis. Il savait qu'il ne pouvait pas, dix ans d'affilée, vivre aux crochets des siens. Alors, valait mieux rien.

Mais ç'avait beau être ainsi de par son vouloir, à chaque coup que quelqu'un de la brigade, ou logé pas loin dans la baraque, recevait un colis (c'est-à-dire quasiment chaque jour), ça lui griffait le cœur, que le colis ne fût pas pour lui. Et tout ferme qu'il avait été pour défendre à sa femme de lui envoyer rien, même pour Pâques, lui qui n'allait jamais voir la liste clouée au poteau (sauf si c'était pour un riche de la 104), ça lui arrivait d'espérer qu'un *zek* allait rappliquer dare-dare en gueulant :

— Choukhov, manie-toi : il y a un colis qui t'attend !

Mais personne n'avait jamais rappliqué.

De sorte qu'elles se faisaient de plus en plus rares, les occasions de penser à Tiemguéniovo et à son isba. Du réveil à la retraite, à force que la vie d'ici vous houspille, il n'avait plus loisir de se rappeler.

Parmi tous ces gens qui s'amusaient la panse avec l'espoir de mordre, tout à l'heure, dans une tranche de lard, de beurrer leur pain et de sucrer à pleine cuiller leur quart d'eau bouillante, Choukhov s'accrochait à un vœu : arriver à temps au réfectoire avec sa brigade et boire sa soupe bouillante. Parce que la soupe froide ne fait pas moitié profit, au prix de la bouillante.

César, s'il n'avait pas trouvé son nom sur la liste, depuis beau temps il devait être à se laver dans la baraque. Mais s'il y avait lu son nom, il rassemblait ses sacs, ses gobelets en matière plastique et tout son saint-frusquin, ce pour quoi Choukhov avait promis d'attendre dix minutes.

En faisant la queue, Choukhov, de ouï-dire, apprit du nouveau : cette semaine-là, il n'y aurait pas non plus de dimanche; on les flouait encore d'un dimanche. Il s'y attendait, et tout le monde aussi : quand il y a cinq dimanches dans un mois, ils vous en laissent trois et, les deux autres, au boulot! Donc il s'y attendait, mais de l'apprendre lui fendait l'âme avec le cœur : qui donc n'y tient pas, à son petit dimanche à soi? Les types qui en causent, dans la queue, ont, bien sûr, raison : le dimanche, même quand on le passe dans l'enceinte, ils s'y entendent, pour vous l'empoisonner. Ils sont même jamais à court d'idées : si c'est pas rajouter un bâtiment pour les bains, ça sera pour bâtir un mur qui empêchera de passer, ou nettoyer la cour. Ça pourra être encore changer la sciure des paillasses, les battre et chasser la punaise sur les *wagonka.* Ou on arrangera un contrôle d'identité d'après le fichier. Ou l'inventaire : vous sortez dans la cour avec toutes vos affaires et vous poireautez une demi-journée.

A croire que, pour eux, le pire crève-cœur, c'est un *zek* qui dort après le petit déjeuner.

Dans la queue, ça avançait, quoique lentement. Des bonshommes étaient passés en coupe-file, sans attendre, sans rien demander à personne, en bousculant celui dont c'était le tour. Trois bonshommes : un coiffeur, un comptable et un type des Loisirs Culturels, donc pas du *zek* quelconque, mais du planqué-maison qui sort jamais de l'enceinte, de la crapule première qualité, de cette engeance que la main-d'œuvre tient pour moins qu'une crotte, ce que ces malpropres lui rendent bien. Du reste, on perdrait sa salive à discuter avec eux : les planqués c'est un milieu, et chose-et-chemise avec l'administration.

Il restait quand même dix personnes devant Choukhov (à quoi sept s'étaient rajoutés au trot derrière) quand César arriva par la brèche du tambour, en se baissant, rapport à la toque de fourrure neuve qu'on lui avait envoyée de chez lui. (Encore une histoire, cette toque de ville flambant propre. César a graissé la patte à quelqu'un, et on lui a permis de la porter. Les autres, on leur a confisqué même leurs vieux calots fourrés du front pour leur donner du bonnet pénitentiaire doublé en peau de zizi.)

César fit risette à Choukhov, mais, de suite, il se colla à un zèbre en lunettes qui n'avait pas arrêté de lire le journal.

— Tiens, Piotr Mikhalytch ! qu'il fait.

Les voilà épanouis l'un l'autre, pareil deux coquelicots.

Le zèbre explique :

— J'ai reçu la *Vetchorka!* (1) Regardez : un numéro tout frais qu'on m'a envoyé sous bande.

— Non? fait César, en piquant, lui aussi, une plongée dans le journal. A ras de plafond qu'est l'ampoule, et quasiment aveugle, qu'est-ce qu'ils peuvent bien arriver à lire? Surtout que c'est écrit fin...

— Il y a une interview hypersensasse sur la générale de Zavadski (2)...

Les Moscovites, ça s'entre-flaire à deux cents mètres. Comme les chiens. Sitôt qu'ils se rencontrent, ils se

(1) Abréviation familière de *Vetchernaia Moskva* (*Moscou-Soir*). (*N.d.T.*)

(2) Le directeur du Théâtre du *Mossoviet*. (*N.d.T.*)

reniflent sur toutes les coutures. Ils jacassent à qui dira le plus de mots à la minute. Et il y en a si rarement, des mots russes, dans leur patois, que c'est pareil d'entendre causer letton ou bien roumain.

César, pourtant, il a amené tous ses sacs sur place. Choukhov zozote :

— Comme qui dirait,... César Marcovitch,... je pourrais peut-être bien m'en aller?

L'autre ressort du journal sa moustache en charbon :

— Bien sûr... Certainement... Je suis après qui? Qui vient après moi?

Choukhov lui explique la chose dans le détail puis, crainte que César oublie, il lui rafraîchit la mémoire :

— Faudra vous porter votre soupe?

(Ça veut dire l'apporter depuis le réfectoire jusqu'à la baraque, dans une gamelle. Ce qui est rigoureusement interdit à cause qu'ils ont sorti des tas de règlements contre. Si vous vous faites pincer, la gamelle est renversée, et vous, envoyé au mitard. N'empêche qu'on continue et qu'on continuera : qui a à faire n'a pas le temps d'aller au réfectoire avec sa brigade.)

Choukhov avait donc demandé s'il fallait porter la soupe, en pensant dans son en dedans : « Tu vas tout de même pas rapiasser? Tu me le donnes, ton dîner? Au dîner, il n'y a point de kacha : c'est de la soupe pure eau. »

César fit encore risette :

— Non, merci. Mange-la toi-même, Ivan Dénissytch.

Juste ce qu'il attendait, Choukhov. A présent, le voilà libre, comme l'oiseau. Et il s'envole, il s'envole, il s'envole...

Ça fourmillait de *zeks,* l'enceinte. A une époque, le commandant du camp avait encore fait un réglement là-dessus, comme quoi pas un détenu ne devait circuler seul. Là où ça se pouvait, on devait y aller en colonne par brigade. Et quand c'était tout de même pas faisable, pour l'infirmerie, disons, ou, encore, pour les cabinets, fallait former des détachements de quatre-cinq, et désigner, pour chacun, un chef de détachement qui amène ses hommes en rangs à leur destination, attendre qu'ils aient fini et les ramène, toujours en rangs.

Il y tenait, à sa loi, le commandant. Même que personne n'osait le contredire, de sorte que les surveillants passaient leur temps à paumer les isolés, à noter leur matricule et à les traîner au *BOUR*. Et puis, ça a cassé. Ça a cassé en douce, comme des tas de règlements à tam-tam. Quand le Parrain faisait appeler un *zek*, on pouvait tout de même pas le lui envoyer avec une escouade? Un type voulait retirer de la becquetance à la consigne des colis : j'allais pas l'accompagner, non? Un cinglé avait envie de lire les journaux aux Loisirs Culturels : qui c'est qui serait allé avec? Et ceux qui avaient des bottes à ressemeler, ou affaire au séchoir, ou idée de se promener d'une baraque l'autre (la chose la plus interdite de toutes!) comment on les aurait empêchés?

Avec cette loi, il pensait bien confisquer notre liberté dernière, le gros lard. Mais il a manqué son coup.

Ayant tiré son bonnet (on ne sait jamais) à un surveillant croisé en route, Choukhov fit un saut jusqu'à la baraque. Il y avait de l'esclandre. Un à qui on avait fauché son pain renaudait après les dortoiriers. Les dortoiriers renaudaient après lui. Pas un chat dans le coin de la 104.

Dans l'idée de Choukhov, c'était déjà une soirée chanceuse, quand, de retour, on ne trouvait pas les paillasses cul par-dessus tête, à cause qu'il y a eu perquisition dans les baraques.

Il bondit donc jusqu'à sa *wagonka*, se défaisant, tout courant, de son caban, qu'il lança au vol sur la literie avec ses mitaines (et la lame de scie), et palpa au plus profond de la paillasse : le morceau de pain y était toujours. Heureusement qu'il avait recousu...

Il ressortit, jambes à son cou. Vite au réfectoire !

Par chance, il ne tomba en route, sur aucun surveillant. Rien que des *zeks* qui traînaient la semelle en discutant de leur miche.

Le clair de lune tapait encore plus fort, les phares semblaient pâlots, et les baraques faisaient de l'ombre noire. Le réfectoire, on y entrait par un large escalier de quatre marches, et l'escalier aussi se trouvait, à présent, dans l'ombre, mais il y avait, dessus, une lanterne qui se balançait en grinchant de froid. Des arcs-en-ciel giclaient des ampoules : à cause du froid ou bien de la crasse.

Pour le réfectoire, le commandant du camp avait encore fait une autre loi bien sévère : comme quoi les brigades devaient y aller chacune en colonne par deux, et comme quoi, encore, une fois arrivées devant le réfectoire, sans monter les marches, elles devaient se reformer en colonne par cinq et attendre de pied ferme, d'ici que le préposé les laisse entrer.

Le préposé au réfectoire, c'était le Bancroche, qui se cramponnait drôlement à son fromage. A cause qu'il clochait du pied, il passait comme invalide, mais c'était un robuste, ce malpropre, toujours avec une longue trique en bouleau, dont il se servait depuis le haut des marches pour rentrer dans les gens qui pensaient monter sans son commandement. Pas dans n'importe qui, pourtant. Il avait l'œil ingambe, le Bancroche : à vous reconnaître de dos en pleine nuit. De sorte que ceux qui lui auraient pu rendre sa tatouille, il n'y touchait jamais, mais seulement aux battus-soumis. Même que Choukhov, une fois, s'était fait triquer.

Préposé au réfectoire, qu'on l'appelait, mais, à bien regarder la chose, c'était un prince : un copain aux cuisiniers !

Ce soir-là, fallait croire que toutes les brigades

s'étaient ramenées à la même heure, ou bien que ça avait pris du temps de remettre de l'ordre, en tout cas il y avait un de ces grouillis autour des marches! Et, en haut, pas seulement le Bancroche avec son goujat, mais le chef de réfectoire en personne : toute une chiennerie qui n'avait pas besoin des surveillants pour régir.

Le chef de réfectoire, une vermine gorgée à refus, il a la tête comme une citrouille, des épaules d'une demi-toise et tant de force en trop-plein qu'il a l'air de marcher à ressort, avec des jarrets en ressorts et des bras de même construction. Le bonnet qu'il porte, pas un homme libre n'a le pareil : de la fourrure blanche qui bouffe, et sans matricule. Son gilet est en peau de mouton avec, sur la poitrine, un tout petit numéro genre timbre-poste (une politesse qu'il fait à Volkkovoï), mais même pas ça dans le dos. Il ne salue personne, et tous les *zeks* le craignent, à cause qu'il tient plusieurs milliers de vies dans sa patte. Une fois on a voulu l'assommer. Les cuisiniers ont rappliqué de partout à sa rescousse : du biceps à vous démancher la bouilloire!

Ça serait quand même malheur que la 104 soit déjà passée. Le Bancroche, qui connaît de figure tous les *zeks,* ne vous laissera jamais entrer avec une autre brigade. Surtout quand il y a le chef de réfectoire. Même qu'exprès, il vous abîmera vachement.

Des fois, quand il tourne le dos, le Bancroche, il y en a qui grimpent sur la rampe. Il l'avait fait, Choukhov. Mais, ce soir-là, le chef de réfectoire présent, pas la peine d'essayer : il te vous savaterait les fesses qu'après on serait juste capable de les traîner à l'infirmerie.

Le mieux, c'était de se rapprocher vite de l'escalier, histoire de repérer, parmi tous ces cabans noirs, s'il n'y en avait pas de la 104.

Seulement toutes les brigades se mirent à pousser, à pousser (faut se rendre compte : la retraite était pour bientôt), et voilà-t-il pas qu'elles montent à l'assaut, pareil que d'une place forte : d'abord la première marche, et puis la seconde, ensuite la troisième, la quatrième, après quoi elles déboulent toutes en haut. Le Bancroche lève sa trique en braillant :

— Halte ! Reculez, bande d'emprosés, ou ça va pisser du tarin !

Le premier rang explique :

— C'est pas notre faute : on nous pousse de derrière.

Peut-être bien qu'on poussait de derrière, mais, devant ça résistait pas beaucoup, à cause que, dans leur idée, c'était un bon truc pour entrer.

Le Bancroche, alors, il empoigne sa trique en travers de la poitrine, genre passage à niveau fermé, et, à plein élan, il fonce. Son goujat d'adjoint s'accroche aussi à la trique. Et même le chef de réfectoire qui ne craint pas, ce coup-ci, de mettre la main à la pâte.

Ils y allaient dur, c'est des types qui connaissent pas leur force : ils mangent de la viande. Ils ont fait reculer tout le monde en culbutant les rangs de devant sur les rangs de derrière, de sorte qu'en queue, ça dégringolait comme meules à foin.

Il y eut un cri, mais de quelqu'un qui ne se montra pas :

— Bancroche de mes deux, t'en prendras dans le bavonnet.

Les autres tombaient sans rien dire et se relevaient sans dire rien, aussi vite qu'ils savaient, crainte qu'on leur marche dessus.

L'escalier, à présent, était nettoyé. Le chef de réfectoire se recula. Le Bancroche, resté sur la marche d'en haut, y alla de son discours :

— Combien de fois, têtes d'œuf, faudra vous répéter de vous compter cinq ? Quand ce sera l'heure, je vous ferai signe.

Juste devant les marches, Choukhov avait cru reconnaître la tête de Senka qui dépassait. Salement content il essaya de s'ouvrir un passage à coups de coudes. Mais avec tous ces dos imbriqués, il n'était pas de force.

— La brigade 27, gueule le Bancroche.

La 27 grimpa l'escalier pour s'engouffrer dare-dare dans la porte. Et, à ses talons, ça fit encore une bousculade sur les marches, à cause de ceux de derrière qui poussaient, Choukhov dans le nombre, et, aussi fort qu'il savait, de sorte que l'escalier était tout secoué, et que la lanterne, en haut, grinchait encore plus.

— Vous remettez ça, ordures?

Le Bancroche, cette fois, il ne se connaissait plus. Avec sa trique, il cognait sur les dos, il cognait sur les épaules et il refaisait chuter les gens les uns sur les autres.

Ce coup-ci encore, ce fut le nettoyage complet.

Seulement, d'en bas, Choukhov avait aperçu Pavlo à la hauteur du Bancroche. C'est toujours lui qui amène la brigade, vu que Turine ne va tout de même pas se salir dans les cohues. Et Pavlo cria :

— La cent et quatre, rangez-vous cinq! Bons amis, ménagez-nous passage...

Tu parles, s'ils allaient le lui ménager, les bons amis!

Choukhov secoua un dos :

— C'est ma brigade. Hé, cul-de-plomb, laisse-moi passer!

Il aurait bien voulu, l'autre, mais on le pressait de partout.

Et ça secouait, cette foule, à en étouffer le pauvre monde, rien que pour avoir sa soupe, sa soupe de droit.

Choukhov, alors, essaya autre chose : s'étant accroché à la rampe de gauche, il fit un rétablissement, empoigna le poteau de l'avant-toit, s'enleva à bout de bras, donna un coup de pied dans un genou, attrapa une renforcée dans les côtes avec deux ou trois jurons fruités, émergea de la foule, un pied sur la corniche du perron, et attendit. Les copains l'avaient vu. On lui tendit la main.

Le chef de réfectoire, qui s'en allait, se retourna sur le pas de la porte :

— Bancroche, encore deux brigades.

— La 104! gueula le Bancroche... Qu'est-ce que tu fous là, pedzouille?

Celui-là qui n'était pas de chez nous, eut son coup de trique.

— La cent et quatre! cria Pavlo.

Il fit passer son monde. Ouf! Choukhov se rua dans le réfectoire. Sans attendre que Pavlo le lui dise, il s'en alla quérir un plateau libre.

Dans le réfectoire, c'est comme toujours. La buée fume depuis la porte. Les attablés sont pilés comme grains de tournesol. Entre les tables, on va, on vient, on se bouscule, et les plateaux pleins cherchent passage. Mais Choukhov, depuis tant d'années, il a l'œil habitué, et il repère de suite *CH-208,* qui a cinq écuelles seulement sur son plateau, signe qu'il apporte les dernières parts, à cause qu'autrement ce serait chargé-complet.

L'ayant donc rattrapé, il lui explique par-dessus l'épaule, dans le tuyau de l'oreille :

— Dis, vieux, tu me le repasses après?

— Je l'ai promis à un type qui attend devant le guichet.

— Qu'il attende, cet enflé! Faut pas musarder ici.

— D'ac.

CH-208 ayant déchargé son plateau à destination, Choukhov l'empoigne, mais l'enflé rapplique et le croche par l'autre bout. C'était un chétif. Choukhov lui allonge une renfoncée de plateau dans le sens qu'il tirait. L'autre s'envole dans un madrier, lâche, et Choukhov, le plateau sous le bras, cavale au guichet.

Pavlo y faisait toujours la queue et, sans plateau, il s'ennuyait, de sorte qu'il fut bien content, fit : « Ah,

Ivan Denissovitch! », et poussa son collègue de la 27, qui était avant.

— Place, qu'il lui dit, encombreur! J'ai nos plateaux.

Et voilà-t-il pas que ce polisson de Hoptchik ramène aussi un plateau! En se tordant :

— Je le leur ai fauché, qu'il fait, pendant qu'ils comptaient les mouches au plafond.

Hoptchik, il a de l'avenir, dans les camps. Attendez encore trois ans qu'il grandisse un peu : le sort lui garde une place de trancheur à la paneterie, pas moins.

Ce second plateau, Pavlo le donna à porter à Ermolaïev, un Sibérien bien santeux, qui, d'avoir été prisonnier, a aussi attrapé dix ans. Hoptchik fut envoyé en quête d'une table où l'on finissait de souper. Choukhov posa son plateau de coin sur le guichet de la dispense et attendit. Pavlo annonça : « La cent et quatre, envoyez! »

Les guichets, il y en a cinq; trois de dispense commune, un de régime (une douzaine de malades de l'estomac avec, par débrouille, toute la comptabilité), et encore un pour la vaisselle sale, où il y a toujours grabuge à cause des licheurs d'écuelles qui se rentrent dans les plumes. C'est des guichets bas, vu que le bas arrive à peine plus haut que la ceinture, de sorte qu'on ne voit point les cuisiniers mais seulement leurs mains et leurs louches.

Les mains, elles sont blanches, soignées, mais empoilées-énormes : des mains pour cogner, pas pour cuisiner. Le cuisinier prend un crayon et fait une coche sur sa liste au mur :

— La 104, vingt-quatre portions!

Voilà Pantéléiev qui s'amène bouffer. Malade? Lui? Quel dégueulasse!

Le cuisinier a pris un puisoir qui fait bien dans les trois litres et, il touille, touille et touille (le baquet, devant lui, on vient juste de l'emplir, à ras bords ou presque, et ça fume beaucoup). Après, il change le puisoir pour la louche de sept cent cinquante grammes et il commence à servir avec, mais sans plonger loin.

— Un... Deux... Trois... Quatre...

Choukhov repère les écuelles remplies avant que le solide soit retombé au fond et les orphelines, où c'est pure lavasse. Il en met dix sur son plateau, l'emporte, et Hoptchik, depuis la deuxième rangée de chandelles, lui fait signe :

— Par ici, Ivan Dénissytch, par ici!

Porter la soupe et danser la cosaque, ça fait deux. Choukhov, qui prend garde à bien poser un pied devant l'autre, pour que le plateau ne bouge pas, c'est surtout du gueuloir, qu'il travaille :

— *X-920,* qu'il fait, attention!... Gare-toi, l'ancien!... Drôle, fous le camp!

Dans tohu-bohu pareil, c'est déjà quelque chose de porter une seule écuelle sans que ça gicle, mais dix... N'empêche que, quand Choukhov, sur le bout de table qu'avait débarrassé Hoptchik, déposa son plateau en souplesse, il n'y avait pas, dessus, une seule éclaboussure fraîche. Et, encore, trouva-t-il moyen de tourner le plateau de sorte que le coin devant quoi il allait s'asseoir, ait les deux soupes les plus consistantes.

Ermolaïev apporta dix écuelles aussi. Hoptchik cavala pour ramener, avec Pavlo, les quatre dernières à la main.

Kildigs amena le pain sur un plateau. Ce soir-là, on vous nourrissait à la tâche : deux cents pour les uns, trois cents pour d'autres, et quatre cents grammes pour Choukhov. Il prit ses quatre cents grammes dans le quignon, et deux cents grammes encore, dans le milieu, pour César.

Là-dessus, la brigade rapplique de partout pour avoir son dîner. Lapez-moi ça où vous trouverez de la place! Choukhov, lui, distribue, en se rappelant bien à qui, et sans lâcher du coin de l'œil, son coin de plateau. Du reste, il a planté sa cuiller dans une des deux soupes épaisses, signe que c'est retenu. Fétioukov, qui a pris sa part dans les premiers, a filé de suite, dans l'idée qu'aujourd'hui on ne lui fera point chère à la brigade et que le mieux est de se mettre en chasse, par tout le réfectoire, d'un qui ne finirait pas son écuelle. (Des fois qu'un ne finit pas son écuelle, sitôt qu'il la repousse, on se jette dessus comme épervier sur basse-cour et, souvent, plusieurs à la fois.)

Ayant compté les portions avec Pavlo (le compte y était), Choukhov mit de côté pour Turine une soupe épaisse, que Pavlo revida dans une gamelle étroite à couvercle, une allemande, qui sont plus faciles à cacher sous le caban.

On avait repris les plateaux. Pavlo s'assit devant sa double soupe, Choukhov devant les deux siennes, et ils ne se causèrent plus de rien, vu que c'étaient minutes saintes.

Choukhov enleva son bonnet qu'il se mit sur les genoux, vérifia une écuelle à la cuiller, vérifia l'autre, ça allait : il y avait même du poisson. C'est l'usage que, le soir, la soupe soit bien plus clairette que le matin : le matin, il faut nourrir le *zek,* manière qu'il travaille, mais, le soir, qui dort dîne [s'il ne crève].

Maintenant, Choukhov va souper. D'abord, il boit et reboit le liquide. C'est chaud. Ça s'épand par tout le corps (ce que votre dedans palpitait d'attente!) Et c'est d'un bon! Ça dure juste un clin d'œil, mais c'est pour ce clin d'œil que vit un *zek.*

A présent, il ne se plaint plus de rien, Choukhov : ni que sa peine soit longue, ni que chaque journée le soit, et pas même que cette semaine-ci n'aura encore pas de dimanche. Ce qu'il pense, à présent, c'est qu'il en réchappera. Il en réchappera, et tout ça, si Dieu aide, aura une fin.

S'étant donc engoulé bien chaud le liquide de l'une et

l'autre écuelle, il verse dans l'une le contenu de l'autre, qu'il cure encore avec la cuiller. On se sent ainsi, comme qui dirait, le cœur allégé de n'avoir plus à penser à l'autre écuelle, ni à se la préserver de l'œil et de la main.

Et l'œil, désormais de loisir, guigne les écuelles proches. Celle du voisin de gauche, c'est de l'eau à l'eau. Si c'est pas malpropre, de se faire ça, entre *zeks!*

Alors Choukhov s'attaque au chou et à ce qui reste de liquide. Sur deux parts, il ne trouve qu'une pomme de terre venant de l'écuelle à César, une pomme de terre pas bien grosse, gelée comme il se doit, dure et un rien sucrée. Le poisson, il n'en ramène à peu près pas, sauf, par moments, de l'arête. Mais arête et nageoires, c'est des choses à bien mâcher chacune, vu qu'on en fait sortir du jus et qu'il profite. Ça demande du temps, pour sûr, mais Choukhov en a. Aujourd'hui, ç'a été fête : deux kacha au déjeuner, deux soupes au dîner! Bonne chose, et pour quoi on peut bien remettre les autres.

Sauf le tabac qu'il fallait aller acheter au Letton : demain matin, peut-être bien qu'il n'en resterait plus.

Choukhov soupait sans pain : double part avec du pain par-dessus le marché serait gaspillage. Le pain, il le ménagera pour le lendemain. Vu que le ventre, c'est un vilain ingrat qui jamais vous sait gré du bien passé : demain, il réclamera encore.

Choukhov finissait ses soupes, sans trop s'intéresser à ce qui se passait à côté, vu que ça n'était plus la peine, puisqu'il n'était en quête de rien et mangeait son droit.

Et pourtant, au moment où, juste devant lui, de l'autre côté de la table, une place venait de se faire libre, et qu'un grand vieux s'y asseyait, il regarda. C'était le *U-81*. Choukhov le savait de la brigade 64. Et, en attendant au bureau des colis, il avait aussi entendu que c'était la 64 qu'on avait envoyée, ce jour-là, en place de la 104, à la Cité du Socialisme où elle avait passé sa journée sans abri, à planter des barbelés pour s'enceinter soi-même.

De cet ancêtre-là, on avait dit encore à Choukhov que ça ne se pouvait plus compter, les années qu'il avait vécues dans les prisons et par les camps, [vu que c'était depuis qu'il y a eu le pouvoir des soviets]. Aucune amnistie ne l'avait jamais touché. A chaque dix ans que finissait sa peine, on lui en rajoutait dix aussitôt.

Choukhov, à présent, le voyait de près. Entre toutes ces échines courbées de bagnards, c'était la seule dressée droite, si droite que, regardé d'en face, le vieux avait l'air de s'être mis un coussin dessous les fesses. Pas une tondeuse n'aurait pu rien plus mordre sur son crâne, à cause qu'à cette vie de château ses cheveux étaient partis tous. Et les yeux, au lieu de guigner ce qui se faisait au réfectoire, il les gardait braqués par-dessus la tête de Choukhov, sur Dieu sait quoi, que lui seul voyait. Sa lavasse, il la mangeait lentement, avec une cuiller de bois ébréchée, sans piquer un plongeon dans l'écuelle, comme tout le monde, mais en remontant la main jusqu'à la bouche. Des dents, il n'en avait ni en haut ni en bas, plus une, de sorte que c'est avec les gencives qu'il mâchait son pain. La figure avait fondu toute, mais point comme au ratatiné qui passera pas l'hiver : le genre pierre taillée qui a noirci. A ses grosses pattes charbonnées de crevasses, on voyait bien que toutes ces années-là, il les avait guère passées dans des planques. Mais il faut croire que, dedans lui, c'était de l'accroché solide, car ses trois cents grammes, il les posait point, comme nous autres, à même les salissures de la table, mais sur un bout de chiffon sortant de la lessive.

Choukhov, quand même, n'allait pas perdre son temps à regarder ce vieux. Sa soupe finie, cuiller léchée et rentrée dans la botte, il renfonça son bonnet, se leva, prit son quignon, la miche de César et sortit. On sortait par une autre porte, et il y avait, là encore, deux goujats qui faisaient rien qu'enlever le crochet pour vous faire passer dehors et le remettre, après, dans l'anneau.

Sorti donc le ventre plein et content soi-même, Choukhov décida, quoique la retraite fut pour bientôt, de faire un saut chez le Letton, et, sans aller porter ses pains à la baraque 9, il galopa du côté de la 7.

La lune était salement haut, genre découpée dans le ciel, bien propre et bien claire. Le ciel aussi avait l'air récuré de frais : juste quelques étoiles, celles qui brillent le plus. Seulement Choukhov il avait encore moins le temps de regarder le ciel. Sauf pour se rendre compte que le froid ne cédait pas. Quelqu'un — c'est une nouvelle qui courait — avait ouï dire par les hommes libres qu'on attendait trente degrés pour le soir et, au matin, quarante.

L'oreille portait loin. Un tracteur ronflait dans le bourg. Une excavatrice piaillait du côté de la route. Et le feutre de chaque semelle — que le type marche ou trotte — faisait crac sur la neige.

Mais de vent, pas un souffle.

Son tabac, Choukhov devait se l'acheter au prix d'avant : un rouble le verre, alors qu'en liberté c'est trois, et même plus selon qualité. Les camps de bagne ont pour tout des prix qui ressemblent à rien, à cause que c'est pas permis d'y garder de l'argent, que pas beaucoup en possèdent, et, donc, qu'il vaut très cher. Pour le travail, ici, on ne touche pas un copek (à Oust-Ijma, Choukhov se faisait quand même du trente roubles le mois). Ceux à qui leurs familles envoient des mandats, de toute façon on leur remet pas le montant : on l'écrit sur leur compte personnel. Sur ce compte-là, on peut, une fois le mois, acheter à la boutique du savon de toilette, du pain d'épices (moisi) et des cigarettes *Prima* (troisième qualité). Que la marchandise soit de votre goût ou pas, vaut mieux acheter pour la somme entière que vous avez marquée dans votre demande, vu qu'autrement, puisqu'on vous l'a déjà inscrite en débours, votre argent est fichu.

De l'argent, Choukhov, lui, s'en faisait avec la clientèle privée : en taillant des savates dans du chiffon fourni par le client (deux roubles) ou en rapiéçant les vestes matelassées (là, c'est prix à débattre).

La baraque 7, qui ne ressemble pas à la 9, n'est pas séparée en deux sections. Elle a un long couloir avec dix portes, une brigade par chambrée, et chaque chambrée bourrée à sept *wagonka.* Faut y ajouter un box pour la *paracha,* un pour le chef de baraque, et un pour les artistes peintres.

Dans la chambrée où il couchait, le Letton à Choukhov était allongé sur sa couchette (les planches du bas), les pieds plus haut que la tête, calés aux tasseaux, et il baragouinait en letton avec son voisin.

Choukhov s'assied près de lui. « Bonsoir ! » — « Bonsoir ! » L'autre n'enlève même pas ses panards. C'était petit, là-dedans, et tout le monde s'intéressait : « Qui est-ce ? » « Qu'est-ce qu'il veut ? » Choukhov et le Letton s'en rendaient compte, et Choukhov tournait autour du pot. « Vous allez bien ? » — « Pas mal. » — « Il fait froid ! » — « Oui. »

Bref, Choukhov attendit que les autres reparlent entre soi (c'était de la guerre en Corée : savoir si l'entrée en campagne des Chinois, ça allait ou pas donner une guerre mondiale ?) et, alors, il se rapprocha du Letton :

— Y a du tabac ?

— Oui.

— Fais voir.

Le Letton, retirant ses pieds des tasseaux, les descendit dans le passage et se redressa un petit peu. Un racle-denier, ce Letton : quand il vous remplit un verre, il a toujours peur d'y mettre une cigarette de trop.

Il montra sa blague et en relâcha les cordons.

Choukhov y prit une pincée de tabac au creux de la main et regarda : le même que la fois d'avant, aussi noir et coupé pareil. L'ayant porté à son nez, il renifla : oui, du même. Il dit donc au Letton.

— C'est pas du même.

L'autre se fâcha :

— Du même! Du même! J'ai jamais autre. Toujours du même.

— Ça va dit Choukhov. Bourre-m'en bien un verre. Je l'essaierai, et j'en prendrai peut-être un second.

S'il avait dit : « bourre bien », c'est à cause que l'autre bourrait toujours mou.

Le Letton tira de dessous son oreiller une autre blague, plus ventrue encore que la première, et prit un verre dans sa caissette. Un verre en matière plastique, mais Choukhov a l'œil : celui-là vaut un verre à côtes.

Le Letton commence à verser.

— Appuie, appuie donc! fait Choukhov, et il veut piler lui-même avec son pouce.

— Je sais aussi bien comme toi! qu'il grogne le Letton.

Mais il appuie quand même, pas bien dur, et puis recommence à verser mou.

De ce temps, Choukhov déboutonnait sa veste, et tâtait, en dedans de la matelassure, un papier de lui seul tâtable. A deux mains, il le fit glisser au travers l'ouate jusqu'à un petit trou, mais tout à fait à un autre endroit, qui était arrêté à deux points. Le papier arrivé au trou, il cassa le faufil avec son ongle, replia encore en deux le papier (qui était déjà plié en long) et le sortit du trou. C'était deux billets d'un rouble, si vieux qu'ils ne craquaient plus.

Un de la chambrée gueulait :

— Le Père-la-Moustache, vous voudriez qu'il vous

plaigne, pauvres croquants, quand il se méfie de son propre frère (1)?

Ce qu'il y a de bien, au bagne, c'est la liberté à pleines tripes. Une supposition qu'à Oust-Ijma vous auriez dit à quelqu'un, dans le tuyau de l'oreille, qu'on manque d'allumettes en ville, ça vous valait sec dix ans de rallonge. Mais, ici, vous pouvez aller crier sur les *wagonka* ce qui vous chante, les mouchards ne vont pas vous balancer : le Parrain s'en contrefiche.

La seule chose, c'est qu'on n'a pas le temps de causer beaucoup.

— Tu l'as pas bourré, râle Choukhov.

Le Letton rajoute une pincée :

— Voilà! Voilà! Toi content?

Choukhov tire sa blague, qui était dans sa poche de poitrine, et y verse le verre de tabac.

— Ça va, qu'il fait.

Et, à cause qu'il ne tient pas à se gâcher le plaisir en grillant sa première cigarette à la va vite :

— Bourre-m'en un second.

Après qu'ils se furent un peu chipotés encore, Choukhov versa aussi le second verre dans sa blague, donna les deux roubles et tira sa révérence.

Mais, dehors, fallait voir la galopade qu'il piqua : pour ne pas manquer César, quand il reviendrait avec son colis.

Or il était déjà revenu, César, assis en bas sur sa paillasse, et qu'est-ce qu'il se rinçait pas le quinquet devant son colis tout déballé-étalé sur la literie et sur la caissette! Seulement la lumière ne tombait pas droit de l'ampoule : la charpente où couchait Choukhov, en haut, l'arrêtait, et il faisait plutôt sombre.

Choukhov se baissa pour passer entre la place du commandant et celle à César.

(1) Dans *le Chêne et le Veau*, Soljénitsyne précise que cette allusion à Staline fut introduite à la demande de Vladimir Lébédiev. (*N.d.T.*)

— Votre pain, César Marcovitch, qu'il fit en lui allongeant sa boule du soir.

Mais il ne dit pas : « Alors, vous l'avez touché, votre colis? », à cause que ça aurait eu l'air d'un rappel, de rappeler qu'il avait retenu le tour de César et avait droit à une part. Son droit, il le connaissait. Mais, même après huit ans aux travaux de force, il n'était pas devenu chacal, et, seulement, de plus en plus ferme en son vouloir.

Sauf qu'il n'arrivait pas à commander à son œil, lequel, l'œil d'épervier d'un ancien des camps, avait eu tôt fait de passer la revue des choses épandues sur la couverture et la caissette, de sorte que, malgré les papiers pas tout à fait défaits et deux ou trois sacs encore bouclés, d'une seule guignée confirmée au flair et, vraiment, sans y mettre du sien, Choukhov s'était trouvé au courant : César avait reçu du saucisson, du lait condensé, un gros poisson fumé, du lard, de la biscotte qui embaumait, du gâteau sec qui embaumait aussi (mais pas la même odeur), du sucre en morceaux (dans les deux kilos), du beurre (ou ça y ressemblait), des cigarettes, du tabac de pipe, et ça n'était pas fini.

Or, tout ça, le temps de dire : « Votre pain, César Marcovitch. »

Mais César, excité-malade, le cheveu en bataille, l'air d'avoir pris une drôle de pistache (l'air qu'ils ont tous après un colis), fit signe qu'il s'en fichait :

— Garde-le pour toi, Ivan Dénissytch.

Une soupe et deux cents grammes de pain, c'est un dîner complet. La part qui lui revenait sur le colis, Choukhov, maintenant, l'avait touchée toute.

De sorte qu'il en fut, du coup, comme délié et n'attendit plus rien pour soi de cette bombance à l'étalage. Car il n'y a pas plus malsain que faire ripaille en idée.

Quatre cents grammes plus deux cents, et pas moins

de deux cents encore dans la paillasse, ça va. Deux cents qu'on s'envoie de suite, cinq cent cinquante dont on se cale les joues le lendemain matin et quatre cents à emporter au chantier, vrai, la vie est belle. Même que les deux cents et quelque de la paillasse, ils attendront encore. Une chance, d'avoir eu le temps de la coudre, la paillasse! A la brigade 75, où ils se sont fait calotter leurs miches dans leurs caissettes, ils peuvent aller se plaindre au Soviet suprême (1).

Il y en a qui se font ce raisonnement que les riches à colis, c'est le gros sac, et qu'il n'y a qu'à tirer dessus tant que ça peut. Or, à regarder la chose de près, si leur bien vient sans peine, il s'en va de même. On a vu des riches, avant l'arrivée d'un colis, bien contents de gagner une kacha en rendant service, et même quémander un mégot. Le surveillant et le brigadier, essayez de rien leur donner? Et au planqué du guichet qui, autrement, la fois d'après, te le garera ton colis, que, de toute une semaine, on ne t'inscrira point sur la liste? Et au magasinier de la consigne où on doit déposer toutes les denrées, même que demain matin, avant l'appel, César y apportera son colis dans un sac (crainte des voleurs, rapport aux perquisitions, et à cause aussi que c'est un ordre de l'administration)? Ce magasinier-là, faute qu'on lui graisse bien les griffes, il se servira lui-même, morceau par morceau, et pis encore. Allez vérifier, quand il reste, ce gros rat, bouclé des journées entières avec les vivres d'autrui! Et à ceux, comme Choukhov, qu'on doit remercier d'avoir rendu service? Et au préposé des bains, pour qu'il vous refile un ballot de linge convenable (ça coûte ce que ça coûte, mais ça coûte)? Et au coiffeur, manière qu'il vous rase au papier (qu'il essuie son rasoir sur du papier et pas sur votre genou nu; ça n'est pas une ruine mais, quand même, trois ou quatre

(1) Ed. de 1962 : « *Chez qui ça leur plaît* ». (*N.d.T.*)

cigarettes)? Et aux Loisirs Culturels, pour qu'on mette vos lettres à part, façon qu'elles ne s'égarent pas? Et au docteur, quand on a envie de rester un peu couché sans aller au boulot? Et à votre voisin qui mange avec vous sur la même caissette, comme c'est le cas du commandant avec César? On va rien lui donner, non, alors qu'il compte chaque morceau? Dans ce cas-là, même ceux qui n'ont pas de cœur partagent.

Il y a des envieux qui trouvent toujours le navet plus gros dans la main du voisin. Choukhov, qui comprend la vie, ne s'échauffe pas le bourrichon avec la nourriture d'autrui.

Cependant, il s'était déchaussé, avait grimpé en haut, tiré la lame de scie de sa mitaine et, l'ayant considérée, décidé de se chercher, pas plus tard que le lendemain, un caillou convenable, pour l'affûter en tranchet. En trois ou quatre jours, à condition d'y travailler matin et soir, ça donnerait un couteau mignon à pointe courbe bien coupante.

En attendant, même jusqu'au matin, cette lame, il faut la cacher : sous sa couche, entre planche et traverse. Tant que le commandant n'est pas là (de sorte qu'il n'attrape pas de saletés sur la figure), Choukhov retourne le haut de la paillasse (car c'est pas du copeau, mais de la sciure) et travaille à planquer le morceau de scie.

Ses voisins d'en haut le regardent faire : Aliocha le baptiste et, de l'autre côté du passage, les deux Estoniens frères. Mais Choukhov ne les craint pas.

Fétioukov traverse la baraque. Il chiale, le dos rond, avec plein de sang autour de la bouche. Signe qu'il s'est encore fait moucher à cause d'une écuelle. Sans regarder personne ni s'essuyer les larmes, il défile devant toute la brigade, grimpe à sa couche et se fourre la tête dans la paillasse.

A bien voir les choses, il fait pitié. Il ne vivra pas

jusqu'au bout de sa peine, étant un homme qui ne sait pas se tenir.

Là-dessus, le commandant arrive, joyeux comme un pinson. Il apporte une gamelle de thé extra. Dans la baraque, il y en a bien deux tonneaux, mais vous parlez d'un thé! A part que c'est tiède et couleur de thé, on dirait du jus de bois pourri et de moisissure, tellement ça a pris l'odeur du tonneau. C'est du thé bon pour la main-d'œuvre. Bouynovski, probable qu'il a reçu par César du vrai thé, qu'il en a mis dans sa gamelle, et qu'il a cavalé aux bouilloires. Content comme pas un, il s'installe de son côté de la caissette, et il fait, tout faraud :

— J'ai failli me brûler les doigts au robinet.

En dessous, César déplie une feuille de papier, met de bonnes choses dessus et puis d'autres bonnes choses encore. Choukhov rabat sa paillasse pour ne pas voir et pas se faire d'émotions. Seulement, en bas, ils peuvent jamais se passer de Choukhov. César se met debout dans le passage et cligne d'un œil :

— Dénissytch, passe-moi ton dix-de-dur.

C'est un couteau pliant qu'il veut dire. Choukhov en a un, qu'il garde aussi dans la charpente. Une supposition qu'on plie le doigt à la jointure du milieu, il est encore plus petit, ce couteau, mais il vous coupe, le bandit, du lard à cinq grosseurs de pouce. Il l'a fabriqué-monté soi-même, Choukhov, et soi-même il l'affûte.

Il coule donc la main, sous les planches, en sort le couteau. César fait merci et disparaît.

Un couteau, voyez-vous, c'est aussi un gagne-pain. Du moment que ça vaut dix jours de cachot, faudrait n'avoir pas humanité ni conscience pour se dire : « Passe ton couteau, on va se couper du saucisson, et tu nous regarderas bouffer. »

Donc César, à présent, se retrouve en dette.

Question pain et question couteau réglées, reste

maintenant la question tabac. Choukhov tire sa blague de sa poche, en retire une pincée égale à celle due et la tend, par-dessus le passage, à l'Estonien, en remerciant.

L'Estonien se fend la bouche à croire qu'il sourit, baragouine avec son frère de voisinage, et, les deux se roulent une cigarette avec le tabac à Choukhov, manière donc d'essayer ce qu'il vaut.

Essayez toujours : il vaut bien le vôtre. Même que Choukhov aussi aurait essayé, si la pendule qu'il a en dedans ne soufflait pas que l'appel est pour de suite. Or c'est le moment où les surveillants se baladent à la sourdine dans les baraques, de sorte que pour fumer, à présent, il faudrait aller dans le couloir, et Choukhov, sur sa paillasse tout en haut, se sent, comme qui dirait, mieux au chaud. Car elle est plutôt gelée, la baraque : au plafond il y a la même suée de givre que le matin. Il y fera grelottant, cette nuit, malgré que, pour le moment, ça ait l'air supportable.

Nonobstant ces occupations et, même, ayant commencé de rompre à petits morceaux sa miche de deux cents grammes, il entendit, Choukhov, bien au rebours de son vouloir, le commandant et César prendre le thé en gibernant sous ses planches.

— Pas de façons, commandant, servez-vous. Goûtez donc ce saumon fumé, et reprenez-moi du saucisson.

— Avec plaisir.

— Et beurrez-vous une tartine : du vrai pain blanc de Moscou.

— C'est incroyable qu'il y ait encore un endroit au monde où l'on cuise du pain blanc. Figurez-vous que ce festin impromptu me rappelle un épisode de ma carrière : je débarquai à Arkhangelsk...

Deux cents clapoirs dans une section de baraque, ça fait un drôle de boucan. Choukhov y distingue pourtant la sonnerie. Mais personne d'autre ne l'entend. Et, seul aussi, il remarque qu'un surveillant s'est amené. C'est

Petit-Nez, un jeune aux joues en pomme d'api. Comme il tenait un papier à la main, on voyait à cela et à sa manière de marcher qu'il n'était pas venu pour piéger les fumeurs, ni pour l'appel : il cherchait quelqu'un.

— La 104, où elle est? qu'il fait, ayant relu son papier.

On lui répond : « Par ici! ». Les Estoniens cachent leur cigarette et décharpissent la fumée.

— Où il est, votre brigadier?

— De quoi? fait Turine depuis son lit et sans quasiment poser les pieds par terre.

— Les notes explicatives, les intéressés les ont faites?

— Ils les font (il en a l'air très sûr, Turine!).

— Elles devraient être déjà remises.

— Ils suent à les faire, mes bonshommes : c'est pas des gens instruits. (Dire ça de César et du commandant! Il est vraiment formidable, le brigadier : il trouve réponse à tout.) Avec ça qu'on n'a pas de porte-plume, pas d'encre...

— Faut en avoir.

— On les confisque.

— Toi, brigadier, tâche d'avoir la langue moins bien pendue, ou je te colle au mitard! (D'ailleurs, il ne cause pas méchamment, Petit-Nez.) Les notes explicatives doivent être toutes remises demain au corps de garde avant l'appel, et avec indication que les effets interdits ont été déposés au magasin d'habillement. Vu?

— Vu.

Le malheur est passé à côté! pense Choukhov. Il craignait pour le commandant, mais le commandant n'a même rien entendu : il se régale bien trop avec le saucisson.

— Dis-moi, fait encore Petit-Nez, *CH-311*, c'est de chez toi?

— Faut que je vérifie sur ma liste. Vous croyez qu'on se rappelle vos conneries de matricules? (Il voudrait gagner du temps, Turine, il pense sauver le commandant au moins pour cette nuit, en noyant le poisson jusqu'à l'appel.)

— Bouynovski, c'est chez toi?

— Présent! que répond le commandant, de dessous le plancher à Choukhov, qui le cachait.

Pou qui se presse passe premier au peigne.

— *CH-311?* C'est juste. Rapplique.

— Où m'emmenez-vous?

— Tu le sais.

Il soupire à s'en écorcher le gosier, le commandant. Sûr que, par nuit noire, quand la mer était très méchante, il avait moins de peine à conduire son escadre de torpilleurs que, maintenant, à quitter une bonne causette pour le cachot glacé.

— Combien de jours? qu'il demande, comme s'il avait perdu sa voix.

— Dix. Plus vite, bon Dieu! Presse donc!

Là-dessus, voilà que les dortoiriers braillent :

— L'appel! L'appel! Dehors pour l'appel!

Signe que le surveillant envoyé faire l'appel est déjà dans la baraque.

Bouynovski se retourne. Faut-il prendre le caban? Là-bas, on vous l'enlève; on vous laisse seulement la veste. Sors comme tu es. A cause qu'il espérait que Volkovoï oublierait (mais Volkovoï n'oublie rien ni personne), il ne s'est pas préparé, le commandant, il n'a même pas caché de tabac dans sa doublure. Et ça servirait à rien d'en emporter au creux de la main : à la fouille, on le lui confisquerait de suite.

Le temps, quand même, qu'il mette son bonnet, César lui a glissé deux cigarettes.

— Adieu, les gars! qu'il fait à la 104, avec un drôle de petit salut. Et il s'en va derrière le surveillant.

On lui crie à plusieurs voix : « T'en fais pas! » ou : « Tiens bon la rampe! ». Qu'est-ce qu'on pourrait lui dire de plus? C'est la 104 qui a bâti le *BOUR*. Elle le connaît : des murs en pierre, un plancher de ciment, pas une lucarne, un poêle qu'on allume juste pour dégeler les murs et que ça fasse une mare par terre, des planches toutes nues pour dormir (si tu n'as pas les os en purée), trois cents grammes de pain par jour, une soupe-lavasse le troisième, le sixième et le neuvième jour seulement.

Dix jours! Ici, dix jours de mitard, si c'est du dur et qu'on les fasse jusqu'au bout, ça revient à perdre la santé pour le restant de la vie. Tubard qu'on en sort, et pour ne plus sortir de l'hosteau.

Mais quinze jours, c'est la froide terre qui te recueillera après.

Tant que tu loges dans la baraque, remercie le bon Dieu, et jouis de ne pas t'être fait ramasser!

— Sortez. Je compte jusqu'à trois : ceux qui ne seront pas sortis à « trois », je note les matricules, et je les remets au citoyen surveillant, beugle le chef de baraque.

Le chef de baraque, c'est le salaud en chef. On le cadenasse, pourtant, toutes les nuits avec nous, mais ça joue au monsieur qui ne craint personne. Même que c'est les autres qui le craignent tous, à cause qu'il vous dénonce aux surveillants ou qu'il vous cogne dessus soi-même. On l'a inscrit invalide, rapport à ce qu'il s'est fait arracher un doigt dans une rixe, mais il a une vraie tête de bandit. Du reste, c'en est un, un droit-co. Seulement, dans sa condamnation, on a rajouté le paragraphe 14 de l'article 58 (1), de sorte qu'il est tombé dans notre camp.

Lui, ça ne lui coûte rien d'écrire les matricules sur un bout de papier et de le passer au surveillant. Mais vous voilà deux jours de cellule avec présence! Aussi, les gars qui ne se pressaient pas de sortir, à présent ça se bouscule-bouscule! Les couchés dégringolent, pareil

(1) Le paragraphe concernant le sabotage économique. (*N.d.T.*)

des ours, depuis les planchers du haut. Et tous rappliquent sur la porte qui n'est plus assez large.

Tenant à la main, toute roulée déjà, la cigarette tellement espérée, Choukhov sauta vivement à terre, enfila ses bottes, et il allait sortir, quand il pensa à ce pauvre César. Oh, pas qu'il voulait encore gagner sur lui, mais, vrai, parce que César lui faisait pitié. Un garçon qui se croit, mais qu'est-ce qu'il comprend à l'existence? Quand il a reçu son colis, ce qu'il fallait, au lieu de se rincer le quinquet, c'était le porter vite à la consigne avant l'appel, en mettant de côté son extra du soir. Qu'est-ce qu'il va en faire, maintenant? Emmener sa collection de sacs à l'appel? C'est pas sérieux. Cinq cents bonshommes vont se marrer à pleine gueule. Laisser son colis dans la baraque? Le premier qui se ramènera de l'appel le lui aura barboté. (A Oust-Ijma, les droit-co, qui avaient la loi, étaient encore plus sauvages : au retour du travail, ils passaient devant et, le temps que la queue de colonne rapplique, ils avaient nettoyé tous les garde-manger.)

Il faisait vinaigre, César, mais il aurait pu réfléchir plus tôt. A le voir se caler le saucisson et le lard sous la veste pour les emmener à l'appel (autant de sauvé!), ça fit tellement deuil à Choukhov, qu'il expliqua :

— Reste ici, César Marcovitch, musse-toi dans ton coin jusqu'au dernier moment, et sors pas avant. Quand le surveillant, avec les dortoiriers, commenceront à faire la tournée des lits et fouiner partout, alors tire-toi, en expliquant que tu es mal portant. Moi, je sors le premier, de façon à rentrer premier. De cette manière...

Là-dessus, il cavala.

Il fallait d'abord faire son trou dans le tas (en protégeant, tout de même, au creux de la main, la cigarette roulée). Mais, dans le couloir, lequel était commun aux deux sections de la baraque, et dans l'entrée, ça ne poussait plus du tout. Ficelles comme pas un, les *zeks* s'étaient collés aux murs, deux rangs à droite et deux à gauche, en laissant, au milieu, passage pour une personne. Mine de dire : « Le bon air est sain pour les ballots, mais nous, on bouge pas. Toute la journée au froid, et j'irais encore me les geler dix minutes? Faudrait pas me prendre pour un autre. Aujourd'hui, à toi la crève : j'attends demain. »

Les autres soirs Choukhov aussi se pile le train au mur. Mais, à présent, c'est pas seulement qu'il fait des enjambées de sept lieues : il se paye la tête du monde :

— Vous avez peur, qu'il fait, bande de planqués? Vous auriez jamais vu un froid de Sibérie? Vous voulez pas vous chauffer au soleil du loup? Donne-moi du feu, l'ami...

Ayant allumé, dans l'entrée, sa cigarette à celle d'un *zek*, il sort sur la plate-forme.

Le soleil du loup (c'est le nom que, par moquerie, on donnait, dans son village, à la lune), il avait drôlement monté. A mi-chemin de son haut qu'il avait grimpé déjà. Dans un ciel quasiment blanc, avec une espèce de verdure et guère d'étoiles, mais qui reluisaient. La neige avait l'air astiquée. Les murs des baraques étaient pareillement blancs de givre. Les phares se fatiguaient pour rien.

Devant la baraque d'à-côté, une tache s'élargissait : on sortait se mettre en rangs. Et devant la baraque plus loin aussi. Mais de baraque en baraque, on n'entendait pas tant les voix que craquer la neige.

Choukhov descendit les marches. Face à la porte, il y avait déjà cinq types, et trois derrière eux. Il alla se mettre sur leur rang, qui était donc le second. Avec du pain dans le ventre et une cigarette au bec, on peut voir venir. Le Letton n'avait pas truqué : du bon tabac, râpeux et qui embaumait.

A force qu'on sorte sans se presser, il y a, à présent, deux ou trois rangs derrière Choukhov. Et ceux qui sont sortis commencent à l'avoir sec. Ces fumiers, ils vont encore se planquer longtemps dans le couloir? On gèle, à cause d'eux!

Pas un *zek* ne voit jamais, de ses yeux, montre ou pendule. Ça servirait à quoi? Suffit de savoir si le réveil est pour bientôt, le temps qui reste avant le rassemblement, d'ici le déjeuner et jusqu'à l'appel du soir.

A ce qu'on dit, pourtant, l'appel du soir se ferait à neuf heures. Seulement ça n'est jamais à neuf heures qu'il finit : ils vous font repiquer au truc des deuxièmes et des troisièmes fois, de sorte qu'on s'endort point plus tôt que dix heures. Or c'est à cinq heures (qu'on dit) le réveil. Pas de quoi s'étonner si le Moldave d'aujourd'hui roupillait en fin de travail. Le *zek*, dès que vous le mettez au chaud, il ronfle de suite. De sorte qu'au bout de la semaine, ça fait tellement de sommeil en retard que, le dimanche, si on ne sort pas du chantier, tout le monde en écrase, méli-mélo, par pleines baraques.

Ah, les voilà qui rappliquent! Voilà les *zeks* qui rappliquent sur la plate-forme. A cause du chef de baraque et des surveillants. A coup de bottes au derrière. Ça leur apprendra, à ces brutes!

— De quoi? qu'on leur crie depuis les premiers rangs. Qu'est-ce que c'est que ces combines de malpropres? Vous ripez la merde pour faire des tartines de beurre? Vous seriez sortis à l'heure que ça serait fini depuis longtemps.

Ils ont mis toute la baraque dehors. Quatre cents bonshommes, ça fait quatre-vingt rangs de cinq. Tout le monde va se ranger en queue, les premiers bien en ordre, après, à la va-comme-je-te-pousse.

— Comptez-vous cinq, là-bas derrière! gueule le chef de baraque depuis le haut des marches.

Il y a de quoi se mordre l'haricot, avec ces porcs qui veulent pas se mettre en rangs.

César sort, tout courbé, frimant le malade. Sur ses

talons, les deux dortoiriers de notre moitié de baraque, les deux de l'autre section et encore un boiteux. Ils se mettent au premier rang, de sorte que celui de Choukhov passe au troisième. César, on le renvoie en queue.

Le surveillant sort aussi.

— Comptez-vous cinq! qu'il crie à la queue de colonne.

Il a un fameux coup de gueuloir.

— Comptez-vous cinq! brame le chef de baraque, qui a le coup de gueuloir plus fameux encore.

C'est qu'ils ne veulent pas se ranger, les malhonnêtes!

Le chef de baraque, il saute en plongeon depuis le haut des marches, leur vole dans les plumes, braille toutes les injures qu'il sait, et cogne, et cogne...

Mais pas n'importe qui : ceux qui ont le dos pour ça.

Les voilà rangés. Il remonte. Et il fait, de compagnie avec le surveillant :

— Rang... un!... Rang... deux!... Rang... trois!...

Le rang qu'on appelle se carapate. Et hop, dans la baraque! Pour aujourd'hui, on est quitte avec le surveillant.

C'est-à-dire qu'on serait quitte, s'il n'y avait pas de contre-appel, à cause que ces propres-à-rien, têtes de mules comme ils sont, savent moins compter que le dernier gardeur de vaches. Lui, qui n'a point appris à lire, il n'a pas besoin, quand il conduit ses bêtes, de s'arrêter pour connaître si tous les veaux sont là. Mais eux autres, on a beau les instruire, c'est temps perdu.

L'hiver d'avant, il n'y avait pas de séchoir dans ce camp, et les chaussures, de nuit, restaient dans la baraque, de sorte que, pour les contre-appels, même quand il y en avait trois de suite, on vous reflanquait à la rue. Même que les *zeks* finissaient par ne plus se rhabiller : ils sortaient dans leurs couvertures. Depuis cette année, on a construit des séchoirs (pas assez pour tous, mais tous les trois jours, une brigade a son tour pour se sécher les bottes), de sorte qu'à présent, les contre-appels se font dedans : en virant ceux d'une section dans l'autre section.

Choukhov rentra au trot, pas le premier, mais sans lâcher de l'œil le premier, courut jusqu'à la couchette de César, s'y assit pour se débotter, grimpa sur la *wagonka* la plus près du poêle et, depuis là, rangea ses *valienki* contre la cheminée, où la place est à qui l'occupe d'abord. Après quoi, il redescendit chez César, se rassit, les pieds relevés, et commença à monter la garde : du coin d'un œil pour qu'on ne barbote pas le sac à César sous l'oreiller; et, du coin de l'autre œil, pour que les gars qui grimpaient au poêle lui dérangent point ses bottes. Même qu'une fois, il dut donner de la gueule :

— Hé, le rouquin, qu'il fit, tu les veux dans le citron, mes tatanes? Pose les tiennes et touche pas à celles des autres.

Les *zeks* se ramènent. A la brigade 20 il y en a un qui crie :

— Envoyez les bottes.

Les porteurs vont ressortir avec les bottes, on cadenassera la baraque, et puis il faudra qu'ils se mettent en quête d'un surveillant à qui expliquer :

— Chef, ouvrez-vous la porte.

Les surveillants, eux, ils se seront réunis à la baraque de l'administration, histoire de recalculer sur leurs bouts de planches s'il y a point un évadé, ou si tout le monde est là.

Choukhov, ce soir, ça le laisse froid. Voilà César qui rentre chez soi en plongeant entre les *wagonka*.

— Merci, Ivan Dénissytch, qu'il fait.

Ayant répondu d'un petit salut, Choukhov grimpe à sa couchette, leste comme chat. A présent, il peut finir ses deux cents grammes, il peut en griller une deuxième, et il peut aussi roupiller.

Sauf que cette bonne journée l'a mis de si bonne humeur qu'il n'a quasiment pas sommeil.

Faire son lit, ici, c'est pas compliqué : on détache la couverture gris crasse bordée sous la paillasse, on s'allonge à même la paillasse (les draps, Choukhov n'a pas dormi dedans depuis — mais oui ! — depuis 1941 qu'il est parti de la maison : même qu'il trouve drôle, à présent, que les femmes se donnent, en lessives, tant de tintouin pour une chose qui sert à rien), on met sous sa tête l'oreiller (garni, lui, en copeaux), on s'enfile les jambes dans la veste, on déploie le caban par-dessus la couverture...

Et merci, mon Dieu ; encore une journée de passée !

Merci que je ne dorme pas au cachot : ici, quand même, on peut.

Choukhov dort avec la tête du côté de la fenêtre. Mais Aliocha, qui a le même haut de *wagonka,* avec une planche entre eux deux, couche tête-bêche pour avoir la lumière de l'ampoule, vu qu'il lit encore ses Évangiles.

L'ampoule, du reste, n'étant pas tellement loin, on peut lire. Même qu'on peut coudre.

Or, à cause qu'il avait entendu Choukhov remercier tout haut le bon Dieu, Aliocha se retourna :

— Ivan Denissovitch, qu'il fit, vous voyez bien que votre âme demande à prier Dieu. Pourquoi vous ne lui permettez pas de le faire ?

Choukhov le regarda de coin : Aliocha avait des yeux tout chauds, comme deux petites bougies. Et Choukhov lâcha un soupir :

— Une prière, Aliocha, c'est pareil que les réclamations. Ça n'arrive jamais jusqu'au grand patron. Ou bien il t'écrit dessus : Refusé.

(Devant la baraque de l'administration, il y a quatre boîtes scellées que le Parrain va ouvrir une fois par mois. On y dépose les réclamations. Beaucoup font ça. Ils attendent. Ils comptent les jours. Ils se disent : j'aurai la réponse dans deux mois, dans un mois. Il n'y a jamais de réponse. Ou bien c'est marqué dessus : Refusé.)

— C'est parce que vous ne priez pas assez, Ivan Dénissytch, ou parce que vous priez mal, sans ferveur, que vos prières ne sont pas exaucées. La prière doit être fervente. Quand on a la foi, si vous dites à une montagne de marcher, elle marchera.

Choukhov se marrait doucement. Il roula une deuxième cigarette, l'alluma à celle de l'Estonien...

— Aliocha, qu'il fit, faut pas causer pour ne rien dire. J'ai jamais vu une montagne qui marche. C'est vrai que j'ai même jamais vu de montagne. Mais vous autres, dans votre Caucase, où vous étiez tout un club baptiste, à prier le bon Dieu, ça en a-t-il fait démarrer une?

(Faut dire que c'est des gens qui n'ont pas eu de chance. Ils priaient leur bon Dieu : ça faisait du mal à qui? Or, on leur a flanqué vingt-cinq ans par tête, à cause que vingt-cinq ans, c'est à présent le tarif.)

— Mais ce n'est pas ce que nous demandions dans nos prières, Dénissytch! (Pour mieux convertir Choukhov, Aliocha, avec son Évangile, se ramène quasiment nez à nez.) De toutes les choses terrestres et périssables, le Seigneur ne nous a ordonné de l'implorer que pour une seule, pour le pain : « *Donnez-nous aujourd'hui notre pain quotidien* »...

— Ah, la miche? fait Choukhov.

Aliocha, c'est pas tellement avec des mots qu'il cherche à vous convaincre : c'est encore avec les yeux, et puis avec la main qu'il pose sur la vôtre :

— Ivan Dénissytch, qu'il dit encore, ce n'est pas pour recevoir un colis qu'il faut prier ou pour avoir du rabiot de soupe. Ce que l'Homme place le plus haut est une misère aux yeux du Seigneur. Il faut prier pour le salut de l'âme : pour que Notre Seigneur arrache de notre cœur l'écume du mal...

— Écoute voir, chez nous, à Polomnia, le pope de l'église...

— Ne me parlez pas des popes, je vous en supplie...

Ça a l'air de lui faire si mal, à Aliocha, qu'il en a le front qui se plisse. Choukhov s'accoude :

— Écoute voir quand même... Donc, à Polomnia, dans notre paroisse, y a pas plus riche que le pope. Une supposition qu'on nous demande de refaire une toiture : aux gens on prend trente-cinq roubles la journée, mais pour le pope, c'est cent. Et il ne moufette pas. Ce pope de Polomnia, il a, dans trois villes, trois femmes à qui il verse des pensions, et une quatrième avec qui il couche. Il tient l'évêque de la région par le bout du nez, à force qu'il lui graisse la patte. Et les popes, qu'on nous a envoyés, tous tant qu'ils étaient, il leur a fait boucler recta leurs valises, vu que c'était pas un monsieur à partager le gâteau...

— Pourquoi vous me parlez des popes? L'Église orthodoxe s'est écartée de l'Évangile, et c'est pour cela qu'on n'emprisonne pas ses membres : parce que leur foi est tiède.

Choukhov fumait, bien tranquille, en regardant Aliocha tout ému. Il lui repoussa la main.

— Aliocha, qu'il fit, en lui soufflant la fumée à la figure, je suis pas, tu comprends, contre le bon Dieu. Même que j'y crois de bon vouloir. Seulement je peux pas croire à votre ciel et à votre enfer. Faudrait quand même pas nous prendre pour des demeurés en nous promettant l'un ou l'autre. Moi j'aime pas ça.

Choukhov se recoucha sur le dos et prit soin de faire tomber sa cendre très derrière sa tête, entre la *wagonka* et la fenêtre, pour ne pas flanquer le feu aux affaires du commandant. Et puis il se mit à réfléchir, sans écouter ce que bambonnait Aliocha. Et ça l'amena à ceci :

— Au fond, tu as beau prier, c'est pas ce qui te

raccourcira ta peine. De toute façon, tu la feras : du premier matin au dernier soir.

Il avait l'air de trouver l'idée monstrueuse, Aliocha :

— Ce n'est pas pour cela qu'il faut prier. La liberté, qu'est-ce qu'elle vous donnerait? En liberté, les ronces achèveraient d'étouffer le peu de foi qui vous reste. Réjouissez-vous d'être en prison. Ici, au moins, vous avez le temps de penser à votre âme! Paul l'Apôtre l'a dit : « *Que faites-vous en pleurant et m'attendrissant le cœur? Car, pour ma part, j'accepte, non seulement qu'on me lie, mais même de mourir pour le nom du Seigneur Jésus.* »

Choukhov regarda le plafond sans répondre. Est-ce qu'il la voulait vraiment, la liberté? Ou pas? Il n'en savait plus rien. Au début, oh, ce qu'il la voulait! Chaque soir, il comptait combien de jours avaient passé et combien restaient encore à faire. Ensuite, il en eut marre. Et, après, ça s'est éclairé : les gens comme lui, on ne les renvoie pas chez soi : on les relègue. En relégation, est-ce qu'il vivrait mieux qu'ici? Ça reste à voir.

Or la seule chose qu'il demanderait au bon Dieu (1), c'est de rentrer chez soi.

Et rentrer chez soi, on ne le lui permettra jamais.

Il ne frime pas, Aliocha. Ça s'entend à sa voix et ça se voit à ses yeux : il est heureux en prison. Et Choukhov essaye de lui expliquer :

— Tu vois, Aliocha, dans ton cas, ça se goupille bien : le Christ t'a dit d'aller en prison, alors tu y es allé pour le Christ. Mais, moi, pourquoi j'y suis? Parce qu'en 41 ils s'étaient pas préparés à faire la guerre? C'est pourtant pas ma faute.

Kildigs grogne depuis sa couche :

— Vont peut-être nous priver de contre-appel?

— Ça en a l'air, fait Choukhov. Même que ce serait à

(1) Ed. de 1962 : « *A la liberté* » (*N.d.T.*)

marquer sur la cheminée avec un bout de charbon, qu'au jour d'aujourd'hui, ils n'ont pas fait de contre-appel.

Il bâilla un grand coup :

— On va tâcher de roupiller...

Juste à ce moment, juste au moment où, dans la baraque, ça se calmait-tranquillisait, on entendit le gros bruit de ferraille du crochet de dehors, et les deux qui avaient emporté les bottes se ramenèrent au pas de course en criant : « Contre-appel! » Avec le surveillant, derrière eux, qui gueulait :

— Rangez-vous dans la section droite!

Et dire qu'il y en avait qui dormaient déjà! Ça rouspète, ça grouille, ça s'enfile les pieds dans les culottes. ([C'est rare qu'on dorme en caleçons.] On garde ses culottes ouatées : des fois qu'on les enlèverait, on gèlerait raide sous ses couvertures.)

— Oh, les vaches, grogne Choukhov. Mais il n'était pas trop fâché, à cause qu'on ne le tirait point de son sommeil.

La main de César se faufila pour déposer sur le lit à Choukhov deux gâteaux secs, deux morceaux de sucre et un rond de saucisson. Choukhov se pencha dans le passage :

— Merci bien, César Marcovitch. Donnez-moi donc votre sac, que je me le mette sous l'oreiller : c'est plus sûr. (En haut, c'est moins facile de piquer quelque chose au passage. Et puis, qui s'en irait marauder chez Choukhov?)

César refila à Choukhov son sac blanc tout ficelé, que Choukhov casa sous sa paillasse, même qu'il attendit que la plupart soient descendus, manière de rester moins longtemps nu-pieds dans le corridor. Mais le surveillant aboya :

— Et toi, là-haut dans le coin?

Choukhov sauta mou sur le plancher. (Ses bottes et

ses *portianki* étaient trop bien installées sur le poêle : ça aurait fait pitié de les enlever.) Il en avait pourtant cousu, des savates, mais toujours pour les autres, sans s'en garder pour soi. Et puis, c'était affaire d'habitude. Et puis ça s'use vite.

Les savates, du reste, quand ils en trouvent dans la journée, ils vous les confisquent.

Mais les brigades qui ont donné leurs bottes au séchoir, elles ont jolie mine, à présent, en savates, ou bien des *portianki* aux pieds, si ce n'est pas pieds nus.

— Plus vite! Plus vite! meugle le surveillant.

Et le chef de baraque fait de même :

— Vous avez envie d'un coup de trique, ordures?

On les avait refoulés tous dans l'autre moitié de la baraque, et les derniers dans le couloir. Choukhov se mit là aussi, contre le mur de la *paracha.* Le plancher, sous ses pieds, en était déjà bien mouillé, et il soufflait, en bas, depuis l'entrée, un sale courant d'air.

On les avait rassemblés tous, mais le surveillant et le chef de baraque s'en allèrent faire un petit tour encore, histoire de regarder si quelqu'un se cachait ou bien roupillait dans un coin sombre. Parce que, s'il manque quelqu'un, c'est un malheur, mais s'il y a quelqu'un en trop, c'est un autre malheur, et, de toute façon, faudra un autre contre-appel. Ils firent le tour partout et revinrent à la porte :

— Un... Deux... Trois... Quatre...

Pour aller plus vite, ils comptaient par un, maintenant. Choukhov était dix-huitième. Il galopa jusqu'à sa *wagonka,* posa le pied sur le tasseau et s'envola.

Une bonne chose de faite. A présent, les deux pieds dans la manche de la veste, la couverture par-dessus, le caban sur la couverture, et dormons! Ils vont rassembler l'autre section dans la nôtre, mais c'est pas grand malheur pour nous.

César se ramena. Choukhov lui descendit son sac.

Aliocha se ramena. C'est un, au fond, qui ne sait pas y faire. Il rend service à tout le monde et ça lui rapporte rien.

— Prends ça, Aliocha...

Choukhov lui tend un gâteau. Aliocha sourit :

— Merci. Mais vous n'aurez plus rien pour vous.

— Mange.

Et maintenant, le rond de saucisson dans la gueule ! A coups de dents ! A pleines dents ! Oh, l'âme de la viande ! Oh, le jus de la viande ! Ça, c'est du vrai, et qui vous descend droit dans les tripes.

Fin du saucisson. Le reste, ça sera pour le matin, avant le rassemblement.

Choukhov se fourra la tête sous la maigre couverture jamais lessivée, sans se même soucier des *zeks* de l'autre section, qui se massaient entre les *wagonka,* en attendant leur contre-appel.

Il s'endormait, Choukhov, satisfait pleinement. Cette journée lui avait apporté des tas de bonnes chances : on ne l'avait pas mis au cachot ; leur brigade n'avait point été envoyée à la Cité du Socialisme ; à déjeuner, il avait maraudé une kacha ; les tant-pour-cent avaient été joliment décrochés par le brigadier ; il avait maçonné à cœur joie ; on ne l'avait point paumé avec sa lame de scie pendant la fouille ; il s'était fait du gain avec César ; il s'était acheté du bon tabac ; et au lieu de tomber malade, il avait chassé le mal.

Une journée de passée. Sans seulement un nuage. Presque de bonheur.

Des journées comme ça, dans sa peine, il y en avait, d'un bout à l'autre, trois mille six cent cinquante-trois.

Les trois de rallonge, c'était la faute aux années bissextiles.

Achevé d'imprimer en décembre 1992
sur les presses de l'Imprimerie Bussière
à Saint-Amand (Cher)

— N° d'édit. : 865. — N° d'imp. : 3383. —
Dépôt légal : 4ᵉ trimestre 1979.

Imprimé en France

Nouveau tirage : décembre 1992.